나에게 친절히 대하는 기술

나에게 친절히 대하는 기술

Talk To Yourself Like A Buddhist

담앤북스

소통이 중요하다는 것은 부인할 여지가 없다. 사실 소통이 인간다움의 핵심이라고 주장할 수도 있을 것이다. 지구상의 다른 종들도 서로 소통할 수 있으며 하고 있기는 하지만, 우리 인간이 하는 것처럼 복잡하고 완전하게 소통을 하는 종은 없다.

이런 이유로 소통의 기술에 관해 수많은 글이 쓰였다. 동네 서점에 들러 보면 이 주제에 관해 다양한 책들을 만나 볼 수 있는데, 대부분이 소통의 특정한 측면에 초점을 두고 쓰인 책들이다. 그중에는 직장에서 소통하는 기술을 향상시키는 것에 관한 책도 있고 로맨틱한 관계에 관한 책도 있지만, 가족이나 친구와의 관계에 관한 책이 압도적으로 많다.

하지만 이 책들은 한 가지 공통점이 있다. 하나같이 우리가 다른 사람들과 좀 더 효과적으로 소통하는 법을 배우는 데 도움이 되고자 한다는 것이다. 소통에 관해 말할 때 우리는 보통 다른 사람들과의 관계에서 생각한다. 자기 자신에게 말하는 법에 많은 관심을 기울이는 경우는 있다 하더라도 상당히 드물다.

의사소통 강사로서 나는 자기 자신과 소통하는 법에 우리가 기울이는 관심이 걱정되리만큼 부족하다는 사실을 알아차렸다. 나 자신을 들여다보고 알게 된 것 그리고 수많은 내담자들과의 상담을 통해 확인한 것은 오늘날 우리 문화에는 부정적인 자기 대화라는 미신과 전염병이 있다는 사실이다.

사실 대부분의 사람들은 친한 친구에게는 결코 하지 않을 방식으로 자기 자신에게 말한다. 심지어 최악의 적에게도 결코 말하지 않을 방식으로 자기 자신에게 말하는 경우도 있다! "난 너무 멍청해! 어떻게 그런 짓을 또 할 수가 있지?"라거나 "난 진짜 루저야."라는 말은 사람들이 자기 자신에게 흔히 하는 말이지만, 다른 사람들에게 그런 막말을 하는 경우는 거의 없다. 우리가 자신을 질책할 때 이 정도의 말은 아무것도 아니다.

책에서 나는 우리가 알아차리지 못한 채 다양한 방식으로 자기 자신에게 막말을 하거나 비난하거나 질책하는 말을 하는 경우를 다룰 예정이다. 여기서는 주로 호의보다는 악의에서 생겨난 자기 대화의 예를 살펴볼 것이다.

이 논의를 시작하기 전에 간단한 예로 마음속으로(혹은 큰 소리로) 다음과 같은 말로 대화를 시작한 적이 얼마나 많았는지 잠시 생각해 보라.

- 내 인생이 이렇게 되어서는 안 되었는데.
- 난 너무 멍청해.
- 내가 좀 더 …해 보였다면 더 행복했을 텐데.
- 내가 …만 가졌어도 상황이 달라졌을 텐데.
- 난 그걸 너무 못 해.
- 난 절대로 이걸 제대로 할 수 없어.

이런 말들은 흔히 우리가 하는 말이 부정적이라는 사실을 알아차리지도 못한 채 부정적인 독백을 시작하는 몇 가지 예에 지나지 않는다. (우리는 많은 판단을 사실로 오해한다.) 하지만 이런 식으로 자기 자신에게 말할 때 우리는 이미 하루를 시작하면서 그리고 다른 사람들과의 관계에 있어서 암울한 분위기를 조성한 셈이다. 우리가 내적으로 삶을 즐기며 평화, 행복, 호의 같은 것을 느끼지 않는다면 외부에서 그런 것을 경험하기는 매우 어려우니까.

이 책의 목적은 자기 자신에게 말하는 방식에 알아차림을 가져가는 것이다. 특히 부정적인 자기 대화와 그 기저에 있는 자기 판단은 은연중에 우리의 자아 인식과 세계관에 어두운 그림자를 드리운다. 많은 사람들이 항상 부정적인 자기 대화를 하고 있는 것처럼 보이지만, 바라건대 이 책을 다 읽을 때쯤에는 여러분이 부정적인 자기 대화를 알아차리고 확인하고 효과적으로 내려놓을 수 있게 되기를.

여러분이 그렇게 되는 것을 돕기 위해 이 책에는 다섯 가지 수행이 들어 있다. 이 다섯 가지 수행은 소통 전문가이자 공인 마음챙김·명상 지도자로서의 나의 수업을 바탕으로 개발된 것이며, 거기에는 나의 개인적 경험도 들어 있다.

다섯 가지 수행을 나는 자아 소통의 중도Middle Path of Self-Communication라고 부른다. 불교에 익숙한 분들은 중도中道의 의미를 이해하겠지만, 그렇지 않더라도 걱정할 것 없다. 중도의 의미는 이 책에 자세히 설명되어 있으니까.

간단히 정의하면, 중도란 '우리가 하는 모든 일에 중용과 균형을 지킬 것'을 주장하는 불교의 기본 원리다. 균형 잡힌 상태에서 우리는 상황을 명료하게 볼 수 있다. 균형을 잃을 때 시각과 인식은 흐릿해지며, 마찬가지로 자신을 보는 방식도 흐려진다. 자아 소통에 있어서 균형을 잃는다는 것은 가령 사소한 실수를 했다고 해서 자기 자신을 비난하거나 질책할 때 혹은 자신을 다른 사람들과 비교하고 스스로 어쩐지 남들보다 '그다지 중요치 않은 사람'이라고 판단하는 경우다. 대부분의 사람은 가끔 이런 인식을 가지며, 그런 인식은 우리의 그릇된 자아상을 반영한다. 누구나 실수를 하며 실수를 하는 것은 자책의 원인이 아니다. 지구상의 모든 사람은 평등하며, 누구도 다른 사람보다 더 중요하지 않다.

자아 소통에 균형을 잡는 것은 불교의 또 다른 기본 교의, 즉 자비慈悲를 의미하는 것이기도 하다. 자비를 생각할 때 우리는 대체로 다른 사람들에게 자비를 베푸는 것으로 생각한다. 실제로 〈웹스터 사전〉에서 자비compassion는 "남의 고통을 덜어 주고자 하는 동정에서 우러나오는 의식"으로 설명되어 있다. 이 정의에 대해 내가 느끼는 한 가지 문제는 범위가 제한되어 있다는 점이다. 대체로 우리는 자비를 내부로, 자기 자신에게 베풀지 않고 외부로, 다른 사람들에게 베푸는 것을 배운다. 자비는 우리 마음속에 자리하여 우리 자신을 위해 길러져야 할 아름다운 품성이다.

가장 친한 친구에게 말하듯이, 연민을 가지고 자기 자신에게 말하는 법을 배운다면 나날의 삶이 어떻게 느껴질지 상상해 보라. 친한 친구나 가족에게 베푸는 똑같은 자비심을 품고 자신에게 말한다면 당신의 혼잣말은 어떻게 될까? 만약 당신이 나와 나의 내담자들과 같다면, 당신의 삶은 훨씬 더 행복과 평화로 충만해질 것이다. 이처럼 자기 자신에게 말하는 법을 바꾸는 것은 쉽지 않지만, 그렇게 하면 삶의 질이 극적으로 높아질 수 있다.

또 한 가지 바람은 이 책을 다 읽을 때쯤에는 여러분이 부정적인 자기 대화를 없애는 법을 배우는 것은 물론이고, 가장 친한 친구와 뭔가를 의논할 때 쓸 만한, 친절하고 연민 어린 말투로 자신에게 말하게 되는 것이다.

'자아 소통의 중도'는 여러분이 그렇게 하는 데 도움이 되는 일련의 수행이다. 요컨대 '자아 소통의 중도'란, 주의 깊게 내면의 대화를 지켜보고 그 대화가 진실하지도 유익하지도 친절하지도 않은 생각이나 판단일 때 그리고 그 결과 일어나는 부정적인 자기 대화에 휘말리기 시작할 때 즉시 알아차리는 수행이다.

'자아 소통의 중도'는 단지 부정적인 자기 대화를 긍정적인 확언으로 바꾸라고 권하는 것이 아니며, 우리의 자기 대화에 어두운 그림자를 드리우는 낡은 신념을 무턱대고 받아들이지 않고, 자기 자신에게 친절하게 이야기하는 균형 잡힌 방식을 시작하는 것이다.

일단 '자아 소통의 중도'를 수행하기 시작하면 다른 사람들과도 효과적으로 소통할 수 있는 새로운 방법을 터득하게 된다. 이 책의 가장 중요한 목표는 부정적인 자기 대화와 그 기저에 있는 근원적인 판단에서 벗어나는 법을 알려 주는 것이다. 또한 이런 과정과 수행이 다른 사람들과의 대화에도 적용될 수 있을 것이다.

책에서 기대할 수 있는 것

흔히 부정적인 자기 대화를 알아차리지 못하고 있다는 사실에 놀랄 수도 있기에, 부정적인 자기 대화의 정의를 내리고 부정적인 자기 대화가 우리의 일상생활에 영향을 미치는 다양한 방식을 살펴보는 것으로 시작하기로 하자. 그다음에는 그런 비난의 이면에 숨어 있는 생각과 판단을 살펴보자. 그러면 부정적인 자기 대화가 생각과 판단에 미치는 영향을 이해하게 될 것이다.

문제에 대해 적절히 정의를 내린 후에 '자아 소통의 중도'를 위한 수행, 즉 '귀 기울이기, 탐구하기, 질문하기, 내려놓기, 균형잡기'를 꼼꼼히 살펴보자. 이 다섯 가지 수행은 독자적인 수행 도구로서도 유용하지만, 연이어 함께 사용할 때 부정적인 자기 대화로부터 벗어나 연민 어린 자기 소통의 길로 나아가는 효과적인 청사진을 만든다.

다섯 가지 수행은 각 한 챕터를 할애해서 다루었다. 우리의 자아 소통 습관을 개선하기 위해 각각의 수행을 사용하는 법을 더 깊고 충분히 이해할 수 있게 하려는 것이다. 또한 많은 불교의 도구와 마찬가지로 나는 이런 개념을 '수행'으로 부르는데, 이 사실을 언급하는 것이 중요하다. '수행'이라는 단어를 선택한 데는 세 가지 의미가 있다.

우선 수행은 그저 읽거나 생각하기보다는 행동을 의미한다. 그런 취지에 맞게 여러 장에 걸쳐 연습을 실어 둘 것이다. 지난 일기를 살펴보거나 빈 종이를 가져와 채워 보는 연습 과정을 통해, 제시된 개념을 더 잘 이해하고 실천할 수 있다. 이렇게 할 때 비로소 우리는 '자아 소통의 중도'의 모든 이점을 깨달을 수 있을 것이다.

'수행'이라는 단어는 또한 이 일이 완벽하게 행해질 수 없다는 의미를 담고 있다. 이것은 명심해야 할 중요한 사항이다. 왜냐하면 알다시피 부정적인 자기 대화는 불가능한 기준에 우리 자신을 붙들어 둔 결과이기 때문이다. '자아 소통의 중도'를 향한 정진이 자기 자신을 질책하는 척도로 바뀌지 않도록 주의를 기울이기 바란다.

마지막으로 '수행'이라는 단어는 과정이 진행 중이라는 의미다. 나의 경험으로 미루어 말하자면 우리는 결코 부정적인 자기 대화와의 전투에서 '승리'할 수 없다. 부정적인 자기 대화는 이 책을 다 읽은 후에도 일어나겠지만, 이 책에서 다루는 수행을 적용할 때 우리에게 영향을 미치는 빈도는 현저히 줄어들 것이다.

'자아 소통의 중도'는 부정적인 것과 고통(곧 알게 되겠지만 주로 자기가 지어낸 고통)을 다루는 약과 같다. 오늘날 대부분의 약과 마찬가지로 '자아 소통의 중도'는 부작용이 있다. 하지만 다른 약과 달리 이런 방식의 자기 소통을 사용할 때 나타나는 부작용은 가령 자신의 몸매에 기분이 좋아지거나 재정 상태에 안심하거나 관계에서 사랑과 평화를 느끼는 등이다. 우리가 자기 자신에게 말하는 법을 바꿀 때 얼마나 많은 혜택을 얻게 되는지는 놀라울 정도다.

부정적인 자기 대화를 찾아내 내려놓을 때 얻을 수 있는 또한 가지 혜택은 실제로 다른 사람들과의 관계와 소통을 개선할 수 있다는 것이다. 예를 들어 내가 만난 한 여성 내담자는 직업적으로 성공하기에 무능하다고 생각하면서 끊임없이 자책을 하고 있었다. '자아 소통의 중도'를 찾는 수행을 하면서 그녀는 부정적인 자기 대화를 발견하고 마침내 그것을 내려놓을 수 있었다. 이 책에 실린 수행을 하기 전 그녀는 매일 직장에서 기분이 좋지 않은 상태로 퇴근해서 자신의 부정적인 감정을 남편에게 퍼부었다는 사실을 깨달았다. 그녀가 자신의 생각과 그에 걸맞은 자신과의 대화를 고치자, 남편과의 관계도 좋아졌다. 이제 남편은 아내의 부정적인 자기 대화로 인한 감정 분출의 희생자가 되는 참사에서 벗어났기 때문이다.

해답을 찾으려 들기 전에 먼저 문제를 더 잘 이해할 필요가 있다. 1장에서 보게 되겠지만, 부정적인 자기 대화를 알아차리고 그런 것이 나타날 때마다 매 순간 알아차림 하는 것은 말하기는 쉬우나 행하기는 어렵다.

차례

6 질문하기 수행

7 내려놓기 수행

8 균형 잡기 수행

1장

부정적인 자기 대화란 무엇이며
나날의 삶에서
어떻게 일어나는가?

4학년 때 나는 처음으로 셰익스피어를 배우게 되었다. 그 나이에 셰익스피어의 희곡을 완전히 이해했다고 할 수는 없겠지만, 그의 독백은 너무나도 인상적인 것이었다. 독백이란 등장인물이 주로 혼자 있을 때 관객이 들을 수 있게 자신의 생각을 큰 소리로 전하는 말이다. 독백은 인물의 가장 깊이 숨겨 둔 생각과 감정을 털어놓지만, 독백이 대화와 다른 점은 다른 인물이 무대에 있든 없든 다른 인물은 그가 말하는 것을 들을 수 없다는 것이다. 이것이 바로 우리가 온종일 독백을 늘어놓으면서 자기 자신과 대화하는 방식이다.

셰익스피어를 읽은 적이 있는 사람이라면 누구나 등장인물의 불안과 공포, 회의를 드러내는 수많은 현란한 독백들을 기억할 것이다. 그들의 독백은 종종 대외적으로 보이는 인물의 성격 public persona과 실제로 인물의 내면에서 일어나는 생각과 감정 사이의 대비를 극명히 보여 준다. 우리가 셰익스피어 희곡의 등장인물은 아니지만, 오늘날 우리의 독백도 똑같은 맥락에 속하는 경우가 상당히 많다. 말하자면 겉으로는 아무렇지 않은 척하면서도 우리는 수없이 의심하고 두려워하면서 부정적인 내면의 독백을 하곤 한다.

이처럼 자기 회의와 두려움을 드러내는 독백은 부정적인 자기 대화의 좋은 예이며, 셰익스피어 희곡의 인물들을 지배하고 영향력을 행사했던 것과 같은 방식으로 우리의 삶에도 영향을 미친다.

누구나 온종일 한 사람과 계속 대화를 나누는데, 그 상대는 바로 자기 자신이다. 말하자면 우리가 선택하는 말은 세상과 자기 자신을 보는 방식에 놀라운 영향을 미친다. 자기 대화가 부정적이면 우리의 자아 인식과 세계관도 부정적이게 된다.

'오늘은 되는 일이 없군.' 같은 단순한 말부터 '난 제대로 하는 게 아무것도 없어.' 같은 더 해로운 말은 먹구름이 드리우거나 비를 뿌리듯 화창한 날씨에 암울한 영향을 미칠 수 있다. 심지어 성공이나 축하의 순간에도 부정적인 생각에 사로잡히는 사람들이 있다. 가령 성공적인 업무 수행에 대한 축하를 받고도

부정적인 자기 대화란 무엇이며 나날의 삶에서 어떻게 일어나는가?

자신의 성취를 대수롭지 않은 것으로 만들거나 오히려 트집 잡은 적이 있지 않은가? '완벽한 건 아니지만 시작이 반이니까.'라든지 '그리 대단한 건 아니야.' 같은 생각은 우리가 자기 대화를 통해 은근히 자신과 자신의 성취를 폄하하는 방식이다.

심지어 샤워를 하러 욕실에 들어가서 비누가 없다는 사실을 알아차리는 것만큼이나 사소한 일로, 부정적인 자기 대화를 시작하기도 한다. 이처럼 단순한 실수에도 우리는 '이런! 별일 아니야. 내일 비누를 사야지.'라고 생각하기보다는 '비누를 더 챙겨 둬야 하는 걸 깜박하다니! 너무 멍청한 거 아냐? 어째서 번번이 이러는 거지?' 같은 말로 곧장 자신을 몰아붙인다. 배우자나 자식, 친구들, 심지어 철천지원수에게도 이런 식으로 함부로 말하지 않으면서 무슨 까닭에서인지 자신에게 이런 식으로 해롭고 부정적인 언어를 휘두르는 것은 아무렇지 않게 여긴다.

아침에 샤워를 하면서 나 자신에게 이런 말을 하고 있다면, 이미 그로 인해 내가 세상을 보는 방식이 바뀐 것이다. 활기 찬 기분을 북돋아 주는 상쾌한 경험이 될 뻔한 샤워가 나의 기분을 불만과 짜증으로 바꿔 놓았다. 아침 샤워 중에 진작 기분을 망쳤다면, 아침식사나 다림질이나 도시락 싸는 일 따위가 얼마나 성가신 일이 될지 생각해 보라. 출근을 해서 사람들과 부대끼기도 전에! 이런 식의 부정적인 자기 대화를 내버려둔다면 '오늘은 되는 일이 없어.'라는 말의 서곡이 될 것이다.

이것은 자기 대화가 어떤 식으로 우리의 하루를 위한 배경, 즉 내면의 일기예보 같은 것을 제공할 수 있는지를 보여 주는 간단한 예다. 일기예보가 부정적일 때 우리는 그날이 시작하기도 전에 궂은날의 대기 상태를 만들어 내고 있다.

샤워 중에 자기 자신에게 나쁜 말을 하는 것이 궂은날을 위한 준비를 시키는 것일 수도 있지만, 날마다 '난 제대로 하는 게 아무것도 없어.'라는 말을 반복한다면 궂은날이나 궂은 한 주를 맞이할 준비를 할뿐더러 결국 자기도 모르게 '난 제대로 하는 게 아무것도 없어.'라는 관점에서 삶을 총체적으로 보는 지름길을 닦는 셈이다. 부정적인 자기 대화, 즉 '난 제대로 하는 게 아무것도 없어.'라는 판단을 믿기 시작하면 삶 전체가 부정적인 영향을 받게 된다.

정말로 당신이 제대로 하는 게 아무것도 없는 사람이라면 새 일자리에 지원하는 수고는 왜 하는가? 첫 데이트를 하러 가는 이유는 뭔가? 결국 일을 망칠 게 뻔하다면 누구에게 물어볼 필요도 없지 않은가?

이 시나리오에는 또 한 가지 문제가 있는데, 아마도 최대의 난제일 것이다. 많은 사람들이 샤워 중의 혼잣말이나 후속 결과를 부정적 자기 대화의 한 예로 인지하지 못한다는 것이다. 사

부정적인 자기 대화란 무엇이며 나날의 삶에서 어떻게 일어나는가?

실 우리는 스스로 무슨 짓을 하고 있는지 대체로 알지도 못하고, 미묘하게 부정적인 방식으로 자신에게 말한다. 결과적으로 우리는 자기 자신에게 해로운 일을 하고 있다는 사실을 알아차리지 못한 채 수없이 이런 부정적인 자기 대화를 무의식적으로 하고 있다.

물론 독백이 부정적인 것이라면 알아차리기 어렵지 않다. 흔한 예는 거울 앞에 서서 자신의 신체 일부를 가차 없이 비난하는 것이다. 거의 모든 이들이 한번쯤은 자기 용모의 어떤 부분에 대해 부정적으로 혼잣말을 한 적이 있을 것이다. "코가 왜 이렇게 커?"라든가 "허벅지가 너무 뚱뚱하잖아.", 심지어 "나는 못생긴 데다가 귀염성도 없어."라는 식으로 용모에 대해 자기 대화를 한다.

첫 상담에서 내담자들은 이런 자기 대상화(몸매 평가)를 부정적인 자기 대화로 여기지 않는다고 우기는 경우가 있다. 그보다는 이런 판단을 '사실에 근거한' 것이라고 주장한다. 상담 횟수가 거듭될수록 그들은 이런 판단이 전혀 사실이 아니며 완전히 주관적인 것이라는 사실을 알아차리게 된다. 이런 식으로 우리는 공공연한 자기비판을 하며 그로 인해 자기도 모르게 피해를 입을 수 있다.

그 밖에도 공공연한 부정적인 독백은 보통 우리가 후회하는 경험이나 해소되지 않은 감정의 응어리를 남긴 경험 같은 삶의 상황에서 비롯되기도 한다. 가령 이혼이나 실직을 당하거나 학교를 중퇴했을 때, 친구를 배신했을 때, 심각한 재정난에 직면했을 때 어떤 마음일지를 생각해 보라.

공공연한 부정적인 자기 대화는 누군가에 의해 괴롭힘을 당한 경험에서 비롯될 수 있다. 성추행과 성폭행 피해자들은 흔히 모멸감과 수치심을 느낀다고 말한다. 아동 학대나 다양한 학대 관계(정서적, 정신적, 신체적인 학대)의 피해자도 마찬가지다. 이런 경험은 부정적인 자기 대화의 공공연한 빌미가 될 뿐 아니라, 이런 경험을 더욱 강화시킬 수 있는 부정적인 자기 대화는 더욱 교묘해질 수가 있다. 대부분의 피해자들은 자기들이 줄곧 타인의 행동으로 인해 자책해 왔다는 사실을 깨닫지 못하기 때문이다.

입 밖으로 나올 정도로 커진 부정적인 자기 대화는 일상생활을 우울하게 만들 뿐 아니라 적절한 조치를 취하지 않으면 더 심각한 질환을 초래할 수 있다. 예를 들어 종종 "난 정말 끔찍한 사람이야."라든가 "난 연인이나 친구를 가질 자격이 없어."라는 독백을 하는 사람이라면 자기 자신을 타인에게서 고립시키는 성향을 가질 수 있으며, 그런 성향이 불안과 우울, 심지어 자해의 원인이 되기도 한다. 이런 경우에는 반드시 심리 상담가나 전문의를 찾는 것이 중요하다.

이 책에서 계속해서 부정적인 자기 대화의 예를 살펴보겠지만, 여러분도 자신의 삶에 줄곧 나타날 수 있는 부정적인 자기 대화를 기꺼이 조사해 보기를 바란다. 앞에서 든 사례에서 보았듯이 부정적인 자기 대화는 명백하게 나타날 수도 있고 미묘하게 나타날 수도 있다. 부정적인 자기 대화가 미묘하게 나타날 경우 대부분의 사람들은 그것을 감지하기 어려울 것이다. 흔히 이런 내면의 대화에 익숙해져서 그것을 알아차리지 못하게 되기 때문이다.

불교의 관점

불교는 종종 삶의 고통을 줄이거나 없애는 경로로 이해되고 있다. 당초 석가모니부처가 고통에 대해 설법했듯이 흔히 늙고 병들고 죽는 고통은 불가항력적으로 생겨나는 것이라고 생각한다. 그러나 사실 우리는 늙고 병들고 죽기 한참 전부터 불필요한 고통을 너무 많이 만들어 낸다.

만약 '내 인생은 온통 파란만장하고 뜻한 대로 되는 것이 아무것도 없어.'라고 자신에게 말하고 있다면, 이런 부정적인 그림이 기분에 반영되고 타인과의 관계에 영향을 미치며 나의 세계관을 형성할 것이다. 더 중요한 것은 만약 '내 인생은 비참해.'라고 자신에게 말한다면, 여러분도 추측했겠지만 나는 비참한 삶에 시달리게 된다는 사실이다. 실제로 이처럼 부정적인 방식으로 혼잣말을 하는 것은 고통을 가져올 뿐 아니라 그 자체로 고통이다.

하지만 자기 자신과 소통하는 방식을 바꾸고 부정적인 자기 대화를 할 명분을 제공하는 섣부른 생각과 판단을 반성한다면, 지금 당장 삶의 고통을 줄일 수 있다.

불교의 관점에서 부정적인 자기 대화는 우리가 자기 자신과 소통할 때 사용하는 진실하지도 유익하지도 친절하지도 않은 언어로 정의될 수 있다. 즉 자신의 존재 자체를 위축시키는 방식으로 자기 자신에게 말하는 경우이다. 이런 부정적인 독백은 크고 공공연한 방식으로 나타날 수도 있고(가령 자신의 신체를 비난할 때), 알아차리기 어려울 정도로 미묘할 수도 있다(은근히 자기 자신을 다른 사람과 비교하거나 스스로 '부족하다.'라고 판단할 때).

부정적인 자기 대화는 고통을 증폭시키는 언어이다. 나중에 수행 과정에서 알게 되겠지만, 부정적인 자기 대화는 대체로 진실한 것에 대한 오해에 근거하고 있다. 부정적인 자기 대화는 생각이나 말, 행동에 있어서 슬프거나 속상하거나 자신에 대해 화가 나는 기분을 느끼게 하는 방식으로 자기 자신에게 말할 때 일어난다. 이런 부정적인 자기 대화는 우리가 마음속에 고통을 일으키는 언어로 독백을 할 때마다 일어난다.

이 책의 후반부에서 부정적인 자기 대화로 인해 일어나는 고통을 줄이기 위해 우리가 다룰 수 있는 수행을 살펴보겠지만, 지금 우리가 지향하는 지점이 어디인지에 대해 간단히 이야기하고자 한다. 나의 첫 번째 저서인 《불자처럼 대화하는 법How to Communicate Like a Buddhist》에서 나는 다른 사람들과 대화할 때를 대비해 다음과 같은 리트머스 시험지를 제시한 바 있다. 《불자처럼 대화하는 법》은 다른 사람들과 소통할 때 도움이 되도록 만들어진 책이지만, 이 질문들은 우리 자신과의 소통에 있어서도 중요하다.

- 다른 사람에게 하는 말이 진실한가?
- 그 말이 유익한가?
- 그 말이 친절한가?

다른 사람과 대화를 하는 경우라면 말하기 전에 잠시 멈출 기회가 있기 때문에 이 질문에 대답하기가 쉬울 것이다. 하지만 자기 자신과의 소통에 있어서라면 문제는 다소 까다로워진다.

자신과 소통하기 전에 잠시 멈출 수 없는 것은 마음속에 생각이 연신 이어지기 때문이다. 따라서 우리가 생각하고 말하는 것을 알아차리는 능력을 고려해서 질문은 약간 달라진다. 이런 이유로 우리 자신의 독백을 평가할 경우에 이런 질문을 던질 수 있을 것이다.

- 나 자신에게 하는 말이 진실한가?
- 그 말이 유익한가?
- 그 말이 친절한가?

이 질문은 '자아 소통의 중도'에 대한 우리의 만트라다.

편의상 나는 종종 우리의 생각을 자아 소통과 관련해서 말한다. 우리가 사용하는 모든 형태의 자아 소통을 잠시 살펴보자. 부정적인 자기 대화가 일어날 때마다 매 순간 더 잘 알아차리는 데 도움이 될 것이다.

부정적인 자기 대화란 무엇이며 나날의 삶에서 어떻게 일어나는가?

네 가지 형태의 자아 소통

네 가지 형태의 자아 소통은 '자기 자신과 어떻게 소통하는가?'
와 관련된다. 여기서 우리는 부정적인 자기 대화란 무엇인가를
정의하는 것으로 시작해 다양한 형태로 나타나는 부정적인 자
기 대화의 몇 가지 예를 살펴볼 것이다. 스스로 미처 알아차리
지 못했거나 예상치 못했던 방식으로 우리 자신에게 말해 왔다
는 사실을 깨닫고 놀라는 이들도 있을 것이다. 대부분의 사람들
은 첫 번째 형태, 즉 생각을 통해 부정적인 자기 대화를 하지만
사실 우리는 때때로 전부는 아니라도 다른 세 가지 형태 중 어
떤 것을 사용하기도 한다.

1. 생각
2. 큰 소리로 말하기
3. 보디랭귀지
4. 문자 언어

생각

부정적인 자기 대화를 하는 가장 두드러지는 방식은 생각을 통

해서이다. 우리의 모든 생각이 진실하고 친절하고 유익하다면 좋겠지만, 사실은 그렇지 않다. 우리가 하루 종일 경험하는 수많은 생각들이 반복적이라는 사실을 어딘가에서 읽은 적이 있다. 이 말이 사실이라면 우리는 똑같은 부정적인 자기 대화를 되풀이하여 생각하고 있다는 의미다. 이런 생각을 우리 자신에게 적용한다면, 대체로 우리는 자신이 경험하는 고통을 스스로 만들어 내고 있는 셈이다.

생각은 부정적인 자기 대화의 첫 번째 근원이기에 다음 장에서 이런 부정적인 생각을 가지는 이유와 그런 생각이 어디서 비롯되는지를 좀 더 깊게 살펴보기로 하자. 앞으로 알게 되겠지만 대부분의 부정적인 생각은 사실이 아니며, 과거의 경험과 신념, 문화적 규범, 사회화 등 몇 가지 요인에 근거한 판단과 의견이다.

'자아 소통의 중도'를 찾아가는 수행을 통해 우리는 사실에 근거한 생각과 주관적 판단인 생각의 차이를 검토해 보고, 우리의 내적 세계관을 좀 더 증거에 기초한 균형 잡힌 시각으로 변화시키는 도구를 갖게 된다.

부정적인 자기 대화란 무엇이며 나날의 삶에서 어떻게 일어나는가?

큰 소리로 말하기

일반적으로 큰 소리로 말하기는 다른 사람들과 소통할 때 사용하는 소통의 형태지만, 주변에 아무도 없을 때 혼잣말을 해 본 적이 있다면 자기 자신에게 큰 소리로 말한 것이다.

만약 당신도 혼잣말을 하는 사람이라면, 아마 자기 자신에게 큰 소리로 말한 것이 전부 친절하고 진실하고 유익한 말은 아닐 것이다. 자기 자신에게 큰 소리로 말할 때 부정적인 자기 대화를 알아차리는 몇 가지 방식이 있다.

상담 중에 내담자들이 큰 소리로 말하는 것을 알아차리는 첫 번째 방식은 대체로 자기비판의 형태다. "내가 무슨 짓을 한 건지 모르겠어!"라든가, "더 잘 알았어야 했는데."라든가, "지금쯤은 이걸 할 수 있었어야 했어."라는 식이다. 심지어 어떤 내담자들은 혼자 있을 때면 "나는 너무 멍청해." 같은 자기 비하적인 말을 하면서 함부로 자기 자신을 꾸짖으려 한다는 사실을 깨달았다.

부정적인 자기 대화를 하는 또 한 가지 방식은 다른 사람들에게 말을 하는 경우다. 놀랄 수도 있겠지만 잠시 생각해 보라. 실제로 당신은 자기 자신에 대해 생각하고 있는 바를 친한 친구나 지인에게 얼마나 자주 '털어놓고' 있는가?

어쩌면 "나는 정말 루저야."라든가, "나는 너무 못생겼어. 아무도 나랑 사귀고 싶어 하지 않을 거야."라고 말했을지도 모른다. 그 말이 사실이 아니라고 친구가 설득하려고 해도 당신은 이미 자기 자신에 대해 부정적인 말을 내뱉었으며, 당신도 이미 그 말을 들은 것이다.

다음에 혼자 있을 때 당신 자신에게 말하거나 다른 사람들에게 당신 자신에 대해 말하는 것을 발견하거든, 부디 자신이 무슨 말을 하고 있는지에 알아차림을 가져가기 바란다. 당신의 말이 친절하고 유익하며 진실한가? 아니면 자기 자신에게 모진 말을 하고 있는가?

후자라는 사실을 알아차리더라도 부정적인 자기 대화를 하여 결국 문제를 더 키운 사실에 대해 너무 자책할 필요는 없다. 우선은 그저 알아차리도록 하라. 알아차리는 것이 변화의 첫걸음이니까.

보디랭귀지

보디랭귀지는 매 순간 우리가 무슨 생각을 하고 무슨 말을 하는지에 따라 달라진다. 따라서 보디랭귀지 형태의 자아 소통은 앞 두 가지 형태의 소통과 관련되어 있다. 따라서 자기 자신에 대해 부정적으로 생각하거나 말하면서 우리가 어떤 자세를 취하고 몸을 어떻게 사용하는지를 통해 자신에게 전할 수 있는 미묘한 메시지를 알아차리는 것이 중요하다.

가령 명상과 마음챙김 지도자 과정을 이수할 때 우리가 했던 연습 중 하나는 눈을 감고 스트레스가 많은 상황에 처한 자기 자신을 상상해 보고, 그런 다음 우리 몸이 스트레스에 어떻게 반응하는지를 지켜보는 것이었다. 나는 근육이 죄어 오고 온몸이 경직되었으며, 심장 박동이 빨라지고 호흡이 가빠졌다.

그 훈련을 한 후에 나는 생각이나 말로 부정적인 자기 대화를 할 때 내 몸이 어떻게 반응하는지를 알아차리기 시작했다. 자기 비난을 할 때 나는 마치 어린아이처럼 팔을 머리 위로 들어 올리거나 머리를 흔들거나 때로는 발을 구르기까지 했다. 생각과 말을 통해 전하고 있는 부정적인 메시지를 보디랭귀지를 사용해서 강화하고 있었던 것이다.

자기 자신에게 몹시 화가 나거나 불안하거나 부끄럽거나 두렵거나 실망했을 때 어떤 자세를 취하는지 생각해 보라. 어깨가 축 처지는가? 발을 내려다보는가? 우리는 이따금 자기 자신에게 전하는 메시지를 알아차리기도 전에 포즈를 취하기도 한다.

문자 언어

마지막으로 부정적인 자기 대화를 할 수 있는 형태는 문자 언어지만, 많은 사람들이 이것을 간과하고 있다. 전통적인 새해 결심은 이 방식의 기막히게 좋은 예다. 새로운 목표에 들떠서 새해를 시작하지만, 종종 새해 결심 리스트는 이내 우리 자신을 비판하는 척도가 되어 버린다. 당초 바라던 결과에 도달하지 못하면 우리는 새해 결심 리스트를 살펴보고는 자신에게 긍정적이지 않은 의견을 덧붙인다.

또 한 가지 예로는, 해야 할 일 리스트를 적든지 집을 비울 때 쓰레기를 내놓거나 식기 세척기를 비우거나 빨래를 개는 등 확인 메모를 하는 것이 있다. 나 자신에게 쓰는 이런 목표나 메모에는 "사랑해 여보, 내일 계란 사오는 거 까먹지 말아요."라는 식으로 남편에게 쓰는 메모와 같은 따스한 애교가 없다. 나 자신에게 쓰는 메모는 대체로 짧고 퉁명스럽다. 무엇이든 해야 할 일을 절대로 잊어버리거나 미루지 않도록 엄청나게 강조해서 적는다. 예를 들어 전에 나 자신에게 "빨래를 개!!!!!!!"라는 메모를 남기곤 했다. 이런 강압적인 메모를 다른 사람에게는 결코 남길 수 없을 것이다. 마치 해야 할 일 리스트를 전부 다 해 내지 못하면 끔찍한 일이라도 벌어질 것처럼 나 자신에게 말하는 것이다. 하지만 사실은 그렇지 않다. 오늘 세탁물을 찾아오지 않는다고 해서 세상이 끝장나지 않는다. 내일 설거지를 하지 않는다고 해서 핵폭탄이 떨어질 일은 없다.

새해 목표 리스트와 확인 메모는 우리가 부정적인 자기 대화를 할 수 있는 중요한 도구이긴 하지만, 나는 새해 목표 리스트와 확인 메모를 마치 다른 사람에게 말하듯이 적는 것이 도움이 된다는 사실을 알게 되었다. 친한 친구에게 줄 메모를 적는다면, "카렌, 빨래를 좀 개켜 줘. 사랑해.—신시아가." 라고 말할 것이다. 그럼 이제 친구 이름 대신에 내 이름을 넣어 보자. "신시아, 빨래를 좀 개켜 줘. 사랑해.—신시아가." 별거 아닌 것 같지만, 비록 자신이 쓴 것이라도 명령조의 메모에 비해 공손하고 정중한 말로 적힌 메모를 받는 것이 훨씬 기분이 좋다.

마지막으로 일기를 쓰는 사람들의 경우에 일기는 무의식적으로 부정적인 자기 대화를 하는 또 하나의 창구가 될 수 있다. 나로서는 분명히 그랬다. 수년 전 나 자신의 소통 습관을 눈치 채기 시작했을 무렵에 일기를 살펴보았더니 "이미 이걸 끝냈어야지."라든가 "난 너무 감정적이야. 이건 보통 사람들이 감정을 다루는 방식이 아니야."와 같은 말이 적혀 있었다. 여러분도 일기를 쓰고 있다면 예전 일기를 들춰 보기 바란다. 자신에게 쓴 말이 진실하거나 유익하거나 친절하지 않았던 부분이 있는가?

어떤 형태의 자아 소통을 사용하든 간에 부정적인 자기 대화를 변화시키는 첫걸음은 부정적인 자기 대화가 떠오를 때 즉시 알아차리는 것이다. 네 가지 형태의 자아 소통은 우리가 자기 자신과 소통하는 방식이며, 우리가 줄곧 자기 자신에게 하는 말을 인식하고 있다면 부정적인 자기 대화가 일어날 때마다 더 잘 알아차릴 기회가 생긴다. 다음 장에서 우리가 부정적인 자기 대화를 하는 방식을 좀 더 깊게 살펴보고, 이런 습관을 뒷받침하는 신념과 판단을 확인해 보자.

연습

지난주를 되돌아보면서 자기 자신에게 부정적으로 말한 방식을 알아차릴 수 있는지 그리고 어떤 형태의 소통을 사용했는지를 살펴보라. 시작하는 데 도움이 되는 몇 가지 간단한 예가 있다.

- '난 너무 멍청해! 마트에서 계란을 사 오는 걸 깜박했네.'— 생각
- 오늘 아침 헬스클럽을 빠지고 친구에게 문자를 보내 '난 너무 뚱뚱해!'라고 털어놨다. — 문자 언어
- 접시를 깨뜨리고는 "멍청하긴!"이라고 큰 소리로 외쳤다. — 말하기

요점

- 부정적인 자기 대화는 의심과 두려움을 키우는 혼잣말이나 독백이며, 진실하지도 유익하지도 친절하지도 않은 언어가 들어 있다.
- 너무 오래 부정적인 자기 대화를 하면서 살아온 나머지 부정적인 자기 대화를 하면서 그 사실을 깨닫지도 못하는 이들이 있다.
- 생각, 큰 소리로 말하기, 보디랭귀지, 문자 언어 등 네 가지 형태의 자아 소통을 통해 우리는 줄곧 자기 자신에게 부정적으로 말하는 것을 알아차릴 수 있다.

2장

판단 : 부정적인 자기 대화의 동반자

판단과 부정적인 자기 대화의 상관관계에 관해 살펴보는 것으로 2장을 시작하면서, 선禪과 도교 전통에서 나오는 이야기를 들려주고 싶다.

옛날에 한 늙은 농부가 기르던 말이 멀리 달아나 버렸다. 그의 말이 도망갔다는 소문을 들은 마을 사람들이 찾아와서 위로를 했다.

"어쩜 좋아요! 어떻게 이렇게 운이 나쁠 수가!"

그러나 노인은 태연하게 말했다.

"어찌 될지 누가 알겠소."

그런데 이튿날 아침에 도망갔던 말이 야생마 세 마리를 이끌고 돌아왔다. 마을 사람들은 노인에게 축하의 말을 건넸다.

"어머나! 횡재를 하셨군요!"

이번에도 노인은 덤덤히 말했다.

"어찌 될지 누가 알겠소."

그다음 날 노인의 아들이 야생마를 타고 다니다가 그만 말에서 떨어져 다리를 크게 다쳤다. 이번에도 마을 사람들이 노인을 위로했다.

"이런! 끔찍한 사고를 당했으니 어쩌나!"

하지만 노인은 여전히 태연하게 말했다.

"어찌 될지 누가 알겠소."

그다음 날 군 관리들이 마을의 장정들을 징병하러 왔다. 노인의 아들은 절름발이가 되었기 때문에 전쟁터로 끌려가지 않고 살아남았다. 마을 사람들이 노인에게 축하의 말을 했다.

"정말! 모든 일이 잘 풀려서 다행이네요!"

노인은 여전히 태연하게 말했다.

"어찌 될지 누가 알겠소."

이 이야기—스콜라틱 프레스Scholastic Press (2007)에서 출간된 존 무스Jon J. Muth의 《짧은 명상 이야기Zen Shorts》에서 발췌한 내용이다.—는 많은 교훈을 주는 바가 있지만, 우리의 목적에 맞는 중요한 교훈은 판단의 주관성이다. 이 이야기에서 늙은 농부에게 어떤 사건이 일어나면 마을 사람들은 그 일이 좋다거나 나쁘다고 판단한다. 노인은 사람들의 판단이 모조리 세상을 보는 방식에 달려 있다고 지적한다.

불필요한 참견을 하는 마을 사람들과 마찬가지로 거의 언제나 우리의 마음은 이런 식으로 작용한다. 한 사건이 일어나고 그 사건은 사실이지만, 마음은 그 사건에 대해 판단을 한다. 그 판단으로 좋은 사건과 나쁜 사건 혹은 원하는 사건과 원하지 않는 사건, 좋아하는 사건과 두려운 사건으로 단정한다. 한 사건에 대한 판단이 부정적이고 그 사건이 우리의 자존감과 관련될 때, 우리는 불가피하게 따르는 부정적인 자기 대화의 기초를 마련한 것이다.

여기서 부정적인 자기 대화의 원인이 분명해지는데, 말하자면 부정적인 자기 대화는 항상 우리가 자기 자신과 세계에 대해 가지는 비판적인 판단과 관련되어 있다. 부정적인 자기 대화와 판단의 관계는 이 책 전반에 걸쳐 줄곧 언급되고 있다. 즉 앞으로 알게 되겠지만, 부정적인 자기 대화와 판단은 항상 함께 나타난다.

우리의 마음이 사건을 판단하고 해석하는 방식은 유년기나 과거의 경험, 사회적 영향, 기본적인 성격 등에 따라 달라진다.

나중에 이 주제를 가지고 당신 자신의 개인사를 섬세하게 들여다볼 기회를 가지게 되겠지만, 우선은 부정적인 자기 대화와 판단의 관계를 자세히 살펴보기로 하자.

거울 앞에 나체로 서 있는 자신의 모습을 상상해 보라. 당신은 거울 앞에 서서 자기 몸을 보고 있고, 그것이 사건이다. 당신은 거울에 비친 모습을 똑똑히 볼 수 있다. 하지만 거울 앞에 서서 우리는 아무래도 자신의 '결점', 즉 마뜩찮은 신체 일부에 초점을 맞추기 시작한다.

'배가 너무 불룩한데.' '난 다리가 너무 짧아.' '턱이 못생겼어.'라는 식의 판단하는 말이 머릿속에 떠오를 것이다. 거울에 비친 자신의 모습(있는 그대로 자신의 몸)을 무비판적으로 보지 않고, 이제 당신은 자신의 신체적인 '결함'을 보고 있다. 부정적인 자기 대화가 시작되는 지점이 바로 이 부분이다. 즉 이런 판단으로 인해 '난 뚱뚱해.'라든가, '난 못생겼어.'와 같은 자기 대화가 일어나는 것이다.

이와 같은 부정적인 자기 대화는 비교적 알아차리기 쉽지만 항상 그런 것은 아니다. 왜냐하면 부정적인 자기 대화는 우리의 판단과 의견에 근거하고 있으며 본래 그 자체로는 '사실'이 아니기 때문이다. 우선 아름다움과 추함은 아주 주관적이며, '뚱뚱하다'는 것도 완전히 상대적이다. 특정한 성과 나이, 키를 가진 어떤 사람에게 과체중으로 여겨질 수 있는 것이 다른 사람에게는 체중 미달이 될 수도 있다. 이런 판단의 근거가 될 엄격한 기준이 없다. 말 그대로 판단이 사실이 아니라 판단인 이유가 바로 그 때문이다.

아름다움과 체중에 대해 다들 다른 기준을 가질 수 있지만, 누구나 동의할 수 있는 한 가지가 있다. 즉 스스로 뚱뚱해 보인다고 자기 자신에게 말할 때마다 우리는 자신의 모습에 대해 더 나쁘게 생각하게 되며, 그로 인해 괴로워진다는 것이다.

시간이 지나면 이런 자기 대화는 우리의 존재로 더 깊이 스며들어 우리는 자기 대화가 하는 말을 그대로 믿기 시작하며, '난 뚱뚱해 보여.'는 '난 뚱뚱해.'라는 신념이 된다.

그대로 두면 마음은 온통 이런 부정적인 자기 대화를 만들어 낼 것이다. '난 뚱뚱해.'라는 신념은 자칫하면 '난 뚱뚱해. 그래서 아무도 날 사랑하지 않을 거야.'로 발전할 수 있다. 또한 우리의 고통 사이클은 갈수록 심해진다.

좀 더 미묘한 자기 대화의 예를 들어 보면, 판단과 부정적인 자기 대화가 가령 집이라든가 물질적 소유와 같은 외부적인 요소에서 비롯된다는 사실을 알 수 있다. 당신이 정말로 크고 멋진 집을 좋아한다고 가정해 보자. 어떤 면에서 당신은 집을 자아상의 확장으로 삼았다고 말할 수도 있을 것이다.

만약 친구나 가족 구성원, 직장 동료, 심지어 모르는 사람이라도 당신보다 '더 멋진' 집을 가진 사람을 만난다면 이런 판단으로 슬그머니 부정적인 자기 대화를 하게 될 것이다. 그 판단 뒤에는 '더 열심히 일했더라면 저런 집을 살 수 있었을 텐데.'라든가 '다른 직업을 가졌더라면, 휴가를 가느라 낭비를 하지 않았더라면 저런 집을 가질 수 있었을 텐데.'라는 식으로 부정적인 자기 대화가 당연히 뒤따른다. 어쩌면 당신은 '나는 절대로 저런 집을 살 수 없을 거야.'라고 다른 방식의 부정적인 자기 대화를 할지도 모른다.

일어난 사건은 당신이 다른 사람의 집을 보았다는 것이다. 그런 다음 판단이 끼어든다. 당신은 다른 사람의 소유물과 자신의 소유물을 비교해 보고, 어쩐지 다른 사람의 소유물이 더 멋지고 좋다고 판단했다. 그 결과 부정적인 자기 대화를 하게 되었다.

이런 비교, 판단과 부정적인 자기 대화를 종이에 적어서 보면 이런 생각의 어리석음을 좀 더 쉽사리 알아차릴 수 있지만, 그것이 마음속에서 일어날 때는 모르는 사이에 재빨리 스쳐 지나가 버릴 수도 있다.

주택 소유에 관한 예가 와 닿지 않는다면, 당신이 자아상의 확장으로 삼은 직업이나 물질적 소유, 신체적 외모, 학력, 재정 상태, 심지어는 영적 수행의 진도 등 다른 사람들에게서 당신이

부러워하는 다른 것으로 쉽게 바꿀 수 있다. ('나는 저 사람처럼 신실한 불자가 아니야.')

이 모든 예에서 우리는 외부의 어떤 것을 우리 자신과 동일시하고 있으며, 결과적으로 상황을 명료하게 보지 않고 있다. 불교 용어로 말하자면 우치(愚癡, 어리석음)를 경험하고 있는 것이다. 우치는 불교에서 고통을 가져오는 세 가지 원인, 즉 삼독(三毒) 중 하나다. (삼독은 불교에서 말하는 근본적인 세 가지 번뇌인 탐욕貪慾·진에瞋恚·우치愚癡를 의미한다. 줄여서 탐진치貪瞋癡라고도 하며, 이 세 가지 번뇌가 중생을 해롭게 하는 것이 마치 독약과 같다고 하여 삼독이라고 한다.—옮긴이 주) 다른 두 가지는 탐욕貪慾과 진에(瞋恚, 성냄)이다. 상황을 명료하게 보지 못할 때 우리는 당연히 평정을 잃는다.

'내 몸이 불만'이라거나 '내 직업이 불만'이라는 생각 뒤에 숨겨진 것은 '내가 불만'이라는 함축이기 때문에 우리는 속고 있다. 다시 말해서 당신이 자신의 몸이나 차 혹은 다른 뭔가가 부족하다고 판단할 때, 그것은 더 나아가 당신 자신도 부족하다는 것을 암시한다. 이런 부족감의 결과로서 당신은 자기보다 '더 나은 몸'이나 '더 성공적인 직업'을 가진 사람을 대할 때 달리 행동하는 것을 알 것이다. 이것이 부정적인 자기 대화가 우리의 생각과 행동에 어떤 영향을 미칠 수 있는지를 보여 주는 또 한

나에게 친절히 대하는 기술

가지 예다.

우리가 자신의 판단을 믿을 때 모든 판단은 그 자체로 당연히 사실, 즉 객관적 현실이 아니라 단지 주관적인 의견임에도—늙은 농부의 이야기(塞翁之馬, 새옹지마)에서 마을 사람들처럼— 부정적인 자기 대화는 판단을 강화할 뿐이다. 여기서 우리의 목표는 늙은 농부처럼 되는 것이다. 그는 좋고 나쁜 것을 단지 관점의 문제로 생각하는 지혜로운 노인이었다.

탐구하기 수행과 질문하기 수행에서 우리의 판단을 평가하거나 피하는 법을 배우게 되겠지만, 우선 많은 사람들이 경험하는 가장 전형적인 판단과 부정적인 자기 대화, 즉 내가 부정적인 자기 대화의 일곱 가지 흔한 표현이라고 일컫는 것에 집중하고 싶다. 사람들이 자주 사용하는 부정적인 자기 대화의 종류와 그에 걸맞은 말을 아는 것은 부정적인 자기 대화가 시작되는 순간에 바로 알아차리는 데 도움이 된다.

부정적인 자기 대화의 일곱 가지 흔한 표현

내담자들과 상담을 하면서 나 자신도 이 수행을 체험해 본 후에, 나는 제각기 내포된 판단이나 전형적인 유행어나 문구를 포

판단 : 부정적인 자기 대화의 동반자

함하는 일곱 가지 흔한 표현이 있다는 사실을 발견했다. 결국 이런 것들이 우리가 자신에게 부정적으로, 즉 진실하지도 유익하지도 친절하지도 않은 태도로 말하는 가장 전형적인 방식이다. 일반적으로 연관 지어지는 부정적인 자기 대화의 종류와 전형적인 유행어를 자각함으로써 판단과 부정적인 자기 대화에서 비롯된 말이 떠오를 때 좀 더 빨리 알아차릴 수 있다. 부정적인 자기 대화의 일곱 가지 흔한 표현은 다음과 같다.

- 과민 반응 : '전부 끔찍해!'
- 개인화 : '왜 나한테 이런 일이 생기는 거지?'
- 절대 언어 : '난 나쁜 사람이야.'
- 가정 : '그는 나를 탐탁지 않게 여기고 있어.'
- 기대 : '그렇게 되어서는 안 돼.'
- 비교 : '난 왜 그녀처럼 될 수 없을까?'
- 후회 : '그렇게 하지 말았어야 했는데…'

과민 반응 : '전부 끔찍해!'

과민 반응은 상황을 똑똑히 보지 못할 때 일어난다. 과민 반응은 판단과 부정적인 자기 대화와 관계가 있기 때문에 대체로 한 사건이 일어난 후에 그 사건을 실제보다 더 나쁘게 판단할 때 나타난다. 가령 한 가지 실수를 저지른 것을 가지고 프로젝트 전체를 망쳐 버린 것으로 여기거나, 한 가지 약속을 어긴 것으로 자신을 도무지 신뢰할 수도 의지할 수도 없는 사람으로 판단하는 식이다.

예를 들어 한 내담자는 설탕과 가공식품을 끊으려고 했지만, 핼러윈에 사탕을 몇 개 먹어 버렸다. 이전에 매우 엄격하게 다이어트를 해 왔음에도 불구하고, 그날 이후로 그 내담자는 '넌 완전히 망쳐 버렸어. 이제 다이어트를 해 봐야 소용없어.'라는 식으로 혼잣말을 했다.

그녀의 판단은 사실을 과장했으며, 그런 과민 반응으로 자기 대화를 부추겼다. 과민 반응은 흔한 형태의 부정적인 자기 대화와 판단이며, 사건의 한 측면에 초점을 맞추어 그 사건을 실제보다 더 중요한 것으로 판단할 때 나타난다. 말하자면 우리는 균형 잡힌 시각을 잃게 되며 결과적으로 더 이상 현실을 있는 그대로 보지 못한다.

〈전형적인 문구〉

- 모든 것이…
- 매번…

- 최악이야…

개인화 : '이건 내 책임이야.'

개인화는 언제나 다른 사람들의 말이나 행동이 자신에 대한 반응이라고 생각할 때 나타난다. "세상은 당신을 중심으로 돌아가는 게 아니다."라는 말을 들어 본 적이 있을 것이다. 하지만 이런 부정적인 자기 대화는 정반대로 생각하게 만든다.

판단과 부정적인 자기 대화에 있어서 이런 일은 우리가 다른 사람들의 행동이나 모든 상황에 대해 자기 책임으로 생각할 때 일어나며, 상상할 수 있다시피 그 과정에서 우리는 자기 자신을 부정적으로 판단한다. 이것은 도리어 일종의 자존심이나 자만이기도 하다. 사실 우리가 자신의 선택에 책임이 있는 것과 마찬가지로 다른 사람들도 자신의 선택에 책임이 있다.

예를 들어 한 내담자가 이혼을 한 후에 딸과의 관계를 개선하려고 상담을 받으러 왔다. 상담을 해 보니 그녀는 딸이 학교에서 겪고 있는 모든 문제를 자신의 잘못인 것처럼 생각하고 있다는 사실을 알게 되었다. 그녀는 딸이 잘못되고 있는 것은 무엇이든 자신의 이혼 때문이며, 딸의 인생에 이런 혼란을 가져온 어머니의 잘못이라고 생각하고 있었던 것이다. 어머니는 끊임없이 딸의 행동으로 자기 자신을 판단했으며, 자기 대화에 주의를 기울이기 시작했을 때 '전부 내 잘못이야. 그 애가 잘못하는 건 나 때문이라는 걸 알아.'와 같은 말을 되풀이하고 있다는 사실을 알아차렸다. 나의 내담자가 '내가, 나를, 나의 것'이라는 자기 대화의 패턴을 알아차리게 되자, 그녀는 그것이 어떤 식으로 딸과의 관계에 고통을 가져오는지를 알게 되었다. 그녀는 자기 자신에 대한 판단을 변화시키려는 조치를 취할 수 있었으며, 그로 인해 딸과의 관계가 상당히 좋아졌다.

〈전형적인 문구〉

- ···는 내 책임이야.
- ···는 내 잘못이야.

절대 언어 : '난 나쁜 사람이야.'

부정적인 자기 대화로 표현된 절대 언어는 자기 자신이 어떤 사람인지를 묘사하고 그것을 자신의 실상이라고 생각하게 만든다. 예를 들어 '나는 몸에 지방이 많아.'라는 참인 진술은 '나는 뚱뚱해.'가 된다. 지방은 사람이 아니며 신체의 일부에 불과하다. 그러니 절대 언어를 사용해서 자신이 뚱뚱하다고 말할 때,

우리는 진실을 왜곡하고 있는 것이다. 절대 언어를 사용할 때 당신은 무언가를 자신의 탓으로 돌리며, 그것으로 당신을 규정한다. 당신은 지금 다소 후회스러운 행동을 한 사람이 아니라 나쁜 놈이다. 살짝 매부리코를 지닌 사람이 아니라 못생긴 사람이다. 은행 계좌에 잔고가 부족한 사람이 아니라 가난한 사람이다. 이런 판단은 특히 해롭다. 현실에 대한 분명한 인식이 아님에도 불구하고 자기 자신을 그런 판단과 동일시하기 때문이다. 이런 방식의 자기 대화를 너무 자주 하게 되면, 이런 부정적인 특성이 자신의 실제 모습이라고 오해하게 된다.

절대 언어는 부정문으로도 나타난다. 다시 말해서 '나는 … 가 아니다.'는 '나는 …이다.'와 마찬가지로 강력한 힘이 있다. 예를 들어 한 내담자는 다른 사람들에게 말하는 법을 개선시키고자 상담을 받으러 왔다. 자기 표현이 서툴다는 오래 지속되어 온 부정적인 이야기를 했음에도 불구하고 그는 소통 방식에 대한 자신의 걱정을 완벽하게 전달했다. 스스로 붙인 딱지를 믿었기에 그는 사람들에게 적절한 말을 하지 못할까 봐 지레 인간관계와 사회 활동을 꺼리게 되었다. 스스로 제한하는 신념과 말이 계속해서 문제를 일으키고 있다는 사실을 알아차리게 되자 비로소 그는 '의사소통을 제대로 하지 못하는 사람'이라는 자신이 선택한 딱지에서 풀려날 수 있었다.

〈전형적인 문구〉

- 나는 …야.
- 나는 …가 아니야.

가정 : '그는 나를 탐탁지 않게 여기고 있어.'

가정을 하는 것은 부정적인 자기 대화로 이어지는 가장 흔한 종류의 판단이다. 가정을 할 때, 즉 다른 사람들이 우리에 대해 생각하거나 느끼는 바를 안다고 가정할 때, 우리는 그들의 생각이나 감정이 부정적이라고 판단하고는 이런 판단 때문에 우리 자신을 호되게 꾸짖는다. 다시 말해서 실제로 우리는 현실적으로 아무런 근거가 없는데도 자신이 한 가정에 동의하고 있다.

예를 들어 한 내담자는 어느 날 저녁 퇴근 후에 식당에서 직장 상사를 만났다. 사장은 멀리 테이블 저쪽에 앉아 있었고, 나의 내담자는 그를 향해 손을 흔들었다. 그는 손을 흔들어 답례를 하기는커녕 일그러진 표정을 지었다. 그녀의 묘사에 따르면 그는 '저주의 눈길'로 그녀를 쏘아본 다음 식사를 계속했다. 내 친구는 몹시 당황했다. 이 석연찮은 사건이 무엇을 의미하는지에 대해 그녀는 온갖 추측을 하기 시작했고, 여러분도 상상할 수 있듯이 도무지 그럴싸한 이유를 찾을 수 없었다.

다음 며칠 동안 그녀는 그 이해할 수 없는 상사의 반응이 뭔지 알아보려고 고심을 했다. 그녀는 자기가 일을 잘 못하고 있거나 상사가 자기를 좋아하지 않는 거라고 자기 대화를 하기 시작했다. (그리고 이런 자기 대화를 통해 자기 자신이 비호감이라는 신념을 정당화하려고 했다.) 마침내 그녀는 사장실로 쳐들어가서 자신이 잘리는 건 아닌지, 뭘 잘못하고 있는지, 자기를 싫어하는 이유가 뭔지 등 질문공세를 퍼부었다. 그 이야기에 사장은 깜짝 놀라서 자기는 그녀의 업무에 아주 만족한다고 안심을 시킨 후에 그녀의 입장에서 이런 걱정을 하게 된 이유가 뭐냐고 물었다. 나의 고객은 며칠 전에 식당에서 만난 일을 상기시켰다.

"당신이 거기 있었다고요?"
사장이 반문했다.
"미안한데 난 당신을 보지 못했어요. 콘택트렌즈를 빼놓고 나와서요. 그게 없으면 난 거의 앞을 못 봐요."

상사가 한 말을 전해 주면서 웃었지만, 그녀가 전적으로 가정에 근거해서 며칠이나 괴롭게 보낸 사실은 웃을 일이 아니었다.
이 이야기는 가정은 종종 남들이 우리에 대해 생각하는 것보다 우리가 자기 자신에 대해 생각하는 바를 반영하며, 비록 사소한 것이라도 가정을 할 때 그 가정이 부정적인 자기 대화를 부채질할 수 있다는 사실을 보여 주는 좋은 예다.

〈전형적인 문구〉
- 그들은 …라고 생각해.
- 그들은 …라고 느껴.
- 그들은 …때문에 이렇게 한 거야.

기대 : '그렇게 되어서는 안 돼.'

마음속의 기대를 충족시키지 못하는 것은 부정적인 자기 대화를 하는 가장 중요한 요인이다. 스스로 충족시키기 어려운 높은 기대치를 제시한다면, "괜찮아, 넌 최선을 다했고 다 잘될 거야." 같은 말을 할 사람은 별로 없을 것이다. 친한 친구에게는 거의 언제나 이런 식으로 말할 수 있지만 말이다.

기대는 우리가 긍정적인 습관을 들이거나 수행을 할 때 사용하는 일반적인 방식인데, 우리는 기대를 자신에게 불리하게 사용한다. 또 그럴 때 반드시 부정적인 자기 대화가 뒤따른다. 예를 들어 주3회 운동을 하는 좋은 습관을 가지고 있었는데 한 차례 결석을 한다면 자신에게 어떻게 대할 것인가? 대체로 이런 긍정적인 행동은 곧 자신을 평가하는 엄격한 척도가 되어, 그 기대에 부응하지 못하면 스스로를 호되게 꾸짖게 된다. 이런 식으로 우리는 긍정적인 자기 대화를 부정적인 자기 대화로 바꿈으로써 스스로 고통을 가져오고 있다.

내 친구는 시어머니의 생일에 바로 이런 경우를 본 적이 있다. 그녀의 시어머니 셀리는 은퇴한 전문가이자 장성한 두 아들을 훌륭히 키운 어머니로서 남부러울 것 없는 사람이었지만, 지난해 생일에 갑자기 흐느껴 울기 시작했다. 왜 우느냐고 묻자 그녀는 이렇게 대답했다. "예순여섯이나 됐는데 지금쯤 훨씬 더 많은 일을 이뤘어야 했다는 생각이 들어!"

스스로 일구어 낸 멋진 인생을 되돌아보는 대신에 그녀의 기대는 무기가 되어 자기 자신을 공격하는 데 사용되었다. 그때까지 그녀는 자신의 생일을 자축할 수 있게 기꺼이 도우려는 애정 깊은 가족과 훌륭한 삶을 살았다. 물론 그녀가 부정적인 자기 대화를 하지 않았더라면 아무런 문제가 없었을 것이다. 이게 바로 부정적인 자기 대화의 힘이다.

〈전형적인 문구〉
• 이건 내가 원하던 방식이 아니야.

- 그렇게 되어서는 안 돼.
- 난 …이/가 되어야 했어.

비교 : '난 왜 그녀처럼 될 수 없을까?'

기대는 우리가 자기 자신에 대해 세우는 목표인 반면에, 비교
는 다른 사람이 하고 있는 일이나 타인의 삶이 어떠하리라고 우
리가 인식하는 것에 근거하고 있다. 우리 자신을 다른 사람들과
비교할 때, 우리는 다른 사람들이 가진 어떤 물건이나 그들이
가진 특성을 보고 우리 자신이 기대에 부합하지 못하면 스스로
부족하다고 판단한다. 이 장의 앞부분에서 멋진 집을 가진 사람
의 실례를 든 바 있다. 자기 자신을 다른 사람들과 비교할 때마
다 우리는 너무나 쉽사리 부정적인 자기 대화를 하게 되어 있
다. 언제든지 스스로 기대에 부합하지 못하는 부분은 있게 마련
이니까. 대부분의 판단과 마찬가지로 비교도 다른 방향으로 발
전할 수 있는데, 우리 자신이 무언가 다른 사람보다 우월하다고
판단하는 과대망상과 같은 형태로 될 수 있다.

현대사회에서 우리는 비교와 판단, 계속해서 일어나는 부정
적인 자기 대화를 위한 강력한 도구를 가지고 있는데, 바로 소
셜 미디어다. 내담자들 중에는 페이스북, 인스타그램, 스냅챗

등에서 보이는 또래 친구들의 이미지와 자신을 비교한 결과, 자기 회의와 비판적인 자기 대화를 표현하는 이들이 많았다. 소셜 미디어상에서 인생은 완벽하고 모든 이들은 아름다워 보인다. 나는 이것을 '자신의 내면과 타인의 외면을 비교하는 것'이라고 일컫는다. 다시 말해서 우리가 스스로 내적으로 어떻게 생각하는지를 다른 사람이 겉보기에 어떻게 보이는지와 비교하면, 우리는 언제든지 부족한 사람일 수밖에 없다. 이것이 우리 자신을 다른 사람들과 비교할 때 우리가 어떤 식으로 고통을 만들어 내는지를 보여 주는 단적인 예다.

〈전형적인 문구〉

- 내가 …할 수 있었더라면.
- 그들의 삶은 나보다 나아 보여.
- 그들은 나보다 훨씬 더 많은 걸 가지고 있어.
- 그들은 항상 참 잘 어울려 보여.

후회 : '그렇게 하지 말았어야 했는데…'

후회의 감정에는 다양한 부정적 자기 대화의 표현들이 어느 정도 포함되어 있다. 하지만 부정적인 자기 대화를 일으키는 데 있어서 후회는 매우 강력하기 때문에 우리는 특히 그 감정에 주의를 기울이게 된다. 후회는 우리의 과거, 즉 우리가 한 일이나 하지 못한 일을 되돌아보고, 이런 행위나 무위를 자책할 때 일어난다.

후회의 표현은 '이혼을 하지 말았어야 했어.'라든가 '학교를 계속 다녔더라면.' '그 직장을 택했더라면.' 같은 식으로 시작될 수 있다. 또한 우리에게 일어난 일의 결과로 후회를 느끼는 경우도 있다. 어느 경우에나 후회는 부정적인 자기 대화가 상당히 미묘해질 수 있는 또 한 가지 예다. 많은 사람들이 우리의 과거에 대한 이런 판단이 진실한 것이라고 확신하기 때문이다. 이 점에 대해서는 다음 수행에서 더 자세히 살펴보기로 하자.

〈전형적인 문구〉

- 절대로 그렇게 하지 말았어야 했는데.
- 죽을 때까지 그 일로 괴로울 거야.
- 그 일이 일어나지 않았더라면, …했을 텐데.

이 일곱 가지 표현만이 부정적인 자기 대화를 하는 방법이 아니며, 대체로 일곱 가지 형태로 나타나는 부정적인 자기 대화 중에는 겹치거나 공존하는 것이 있을 수 있다는 사실을 알아차렸을 것이다. 부정적인 자기 대화를 더 잘 이해하고 알아차리게 되거든, 전형적인 유행어에 주의를 기울여 보라. 그러면 더 빨리 알아차릴 수 있을 것이다.

반복해서 말하고 싶은 또 한 가지 요점은 이런 부정적인 자기 대화의 흔한 표현에는 전부 판단이 들어 있다는 것이다. 해답을 찾아 '자아 소통의 중도'로 나아갈 때 부정적인 자기 대화의 끝을 판단 중지와 관련지을 수 있는 것도 이 때문이다.

판단과 그 결과로서 나타나는 부정적인 자기 대화는 친절하지도 유익하지도 진실하지도 않은 자아 소통의 근원이며, 이것이 바로 우리가 삶의 고통을 만들어 내는 방식이다. 부정적인 자기 대화를 잠재우고 '자아 소통의 중도'로 나아가는 것은 대체로 오랫동안 우리가 해 온 판단을 알아차리고 탐구하며, 끊임없이 진실하지 않은 판단을 내려놓는 여정이다. 다음 연습이 그 과정을 시작하는 데 도움이 될 것이다.

나에게 친절히 대하는 기술

연습

당신의 자아 소통 방식은 어떤 것인가?

셰익스피어의 독백을 연구하는 것과 마찬가지로, 우리 자신의 독백에서 어떤 주제가 되풀이해서 나타나는가를 살펴보는 과정은 우리가 어떤 부분을 다스려야 하는지를 깨닫게 하는 중요한 단서가 될 수 있다. 대부분의 사람들은 한두 가지 흔한 표현이 마음속 독백에서 더 자주 나타난다는 사실을 발견한다. 이제 당신 자신의 독백을 알아차릴 기회를 가져 보자.

마음속에 되풀이되는 구절을 적어 보라. '난 뚱뚱해 보여.', '난 무능한 직원이야.', '나를 사랑해 줄 사람을 찾을 수 없을 거야.' 우선 아무것도 하지 말고 그저 어떤 구절이 떠오르는지 알아차려라. 이렇게 하는 것은 목표로 나아가는 데 많은 도움이 될 것이다.

요점

부정적인 자기 대화는 항상 판단과 함께 나타난다. 부정적인 자기 대화를 하고 있다는 사실에 주의를 기울이면서 함께 나타나는 판단을 알아차릴 수 있는지 살펴보라.

부정적인 자기 대화의 일곱 가지 흔한 표현이 있다. 일곱 가지 흔한 표현은 제각기 전형적인 유행어나 문구로 나타난다. 이런 슬로건을 이해하면 부정적인 자기 대화와 판단이 불쑥 떠오를 때 그것을 더 잘 알아차리는 데 도움이 된다.

3장

'자아 소통의 중도'에 대한 개요

지금까지 우리는 부정적인 자기 대화의 정의를 내리고, 부정적인 자기 대화가 일어나는 다양한 방식을 살펴보았다. 또 부정적인 자기 대화는 항상 그 기저에 있는 판단과 함께 나타난다는 사실도 알게 되었다.

이제 이런 상황을 변화시키기 위해 사용할 수 있는 다섯 가지 수행을 탐구해 보기로 하자. (나는 그것을 '자아 소통의 중도'라고 일컫는다.) 이 장에서는 '자아 소통의 중도'에서 다섯 가지 수행을 대강 알아보고, 다음 장에서 각각의 수행을 깊이 있게 살펴보기로 하자. '자아 소통의 중도'에서 다섯 가지 수행은 다음과 같다.

1. 귀 기울여라.

2. 탐구하라.

3. 질문하라.

4. 내려놓아라.

5. 균형을 유지하라.

'자아 소통의 중도'를 찾아 나아갈 때는 반드시 내면의 대화에 자비심을 품으려고 노력해야 한다. 말하자면 자기 자신에게 진실하고 유익하고 친절한 언어로 말하기 바란다.

부정적인 자기 대화와 그 기저에 있는 판단이라는 오래된 패턴을 허용하기보다는 케케묵은 신념이나 가정을 내려놓으려는 의도와 주의 깊은 호기심을 가지고 자신이 사용하는 단어를 탐구하고 질문을 던지기를 바란다.

부정적인 자기 대화를 변화시키는 첫 단계는 부정적인 자기 대화를 하는 순간에 알아차리고 인정하는 것이다. 우리가 만들어 내는 대부분의 부정적인 자기 대화는 알아차리지 못한 상태에서 일어나기에 알아차림이 매우 중요한 요소다. 지금까지 많은 책에서 부정적인 자기 대화가 나타날 때마다 매 순간 깨닫고 알아차리라고 역설하고 있는 것도 그 때문이다.

'자아 소통의 중도'에서 첫 번째 수행은 하루 종일 자기 자신

'자아 소통의 중도'에 대한 개요

에게 하는 말에 귀를 기울이는 것이지만, 스트레스와 고통을 받을 때는 이 수행이 더욱 필요하다. 나는 살아가면서 괴로움을 겪을 때마다 부정적인 자기 대화에 빠져들 공산이 크다는 사실을 발견했다. 귀 기울이기의 목표는 우리가 자기 자신에게 부정적으로 말하는(공공연한 것이든 미묘한 것이든 간에) 상황과 이유를 찾아내는 것이다. 앞에서도 말했지만 이 점은 되풀이해서 말할 가치가 있다. 이런 해로운 방식의 자아 소통에 익숙한 나머지 우리는 부정적인 자기 대화를 시작할 때 알아차리지 못할 수 있다. 이런 이유로 자기 자신에게 귀 기울이기 수행이 그토록 중요한 것이다. 무엇이든 알아차리지도 못하는 것을 변화시킬 수는 없으니까.

자기 자신이 부정적인 자기 대화를 하고 있다는 사실을 알아차린 후, 다음 수행은 왜 그런 독백을 하는지 탐구하는 것이다. 말하자면 부정적인 자기 대화를 뒷받침하는 생각이나 판단을 추적하기 시작하게 된다. 왜냐하면 생각이나 판단은 자책의 근원적인 이유이기 때문이다. 이런 판단은 오래된 상처나 방어 기제에서 유래된 것일 수도 있다. 그런 방어 기제가 한때는 꼭 필요한 것이었지만 더 이상 최선은 아닐 것이다. 부정적인 자기 대화를 탐구할 때 우선 부정적인 자기 대화를 불러일으킨 근원적인 생각이나 판단을 추적해 볼 수 있다. 이렇게 해서 문제를 발본색원할 수 있다. 또한 탐구 과정을 통해 우리는 자기 대화에서 빠져나와 어느 정도 객관적으로 거리를 두고 보게 되며, 불만이나 두려움 없이 자기 자신에게 말하는 방식으로 변화하는 과정으로 나아갈 수 있게 된다.

자기 대화로부터 빠져나와 거리를 둘 때 이런 질문들을 할 수 있게 된다.

- 나는 어떤 판단을 하고 있는가?
- 판단의 결과로서 나는 자신에게 무슨 이야기를 하고 있는가?
- 내가 아는 것이 진실인가?

이런 질문은 상황을 분명히 보는 데 도움이 된다. 많은 경우에 눈을 번쩍 뜨게 해 줄 대답을 얻을 수 있으며, 결과적으로 이런 질문은 부정적인 자기 대화에서 벗어날 비장의 무기가 될 것이다. 이 수행은 '진리가 너희를 자유케 하리라(the truth will set you free, 요한복음 8장 32절).'라는 성경 말씀으로 가장 잘 요약될 수 있다.

다음 수행은 낡은 판단을 내려놓는 것이다. 이 진리를 가이드 삼아 낡은 생각과 판단을 내려놓기 시작하고, 그렇게 해서 부정적인 자기 대화를 받치고 있는 버팀목을 치울 수 있게 된다. 종종 낡은 판단을 내려놓는 데 장애물은 자신과 타인, 상황에 대한 용서다. 게다가 낡은 판단을 내려놓을 때 우리는 버리려는 시도를 하게 되는데, 이것은 우리가 상황, 특히 과거에 일어난 일을 통제하거나 변화시키려는 습관을 버리는 것을 의미한다.

마지막 수행은 균형(평정) 상태에 도달하려는 것이다. 이렇게 하여 우리는 판단과 그에 걸맞은 부정적인 자기 대화에 이끌리기보다는 세계 상황과 자기 자신을 확고하고 진실한 시각으로 보게 된다. 말하자면 이런 이유로 우리는 낡은 자아 소통 습관을 새로운 습관으로 바꾸고, 불교에서 가져온 부정적인 자기 대화 테스트를 하려고 하는 것이다. 나 자신에게 하려는 말이 진실한가? 유익한가? 친절한가?

이 모든 수행을 하는 과정에서 관통하여 흐르는 것은 자비심이다. 이 여정을 통해 여러분에게 바라는 것은 자신을 혹평하는 대신에 친한 친구를 대하듯이 자신에게 말하는 법을 배우는 것이다. 사실 우리는 자기 자신의 가장 친한 친구다. 우리의 정신적 행복에 자기 자신만큼 관심을 갖고 있는 사람은 아무도 없다. 이 수행은 모르는 사람이나 적이 아니라, 우리 자신에게 투자한 친구처럼 행동하는 데 도움이 되는 방법이다.

이런 간단한 개요를 염두에 두고, 이제 다섯 가지 수행을 하나씩 깊이 있게 살펴보자. 많은 내담자들이 이런 수행의 이점을

나에게 친절히 대하는 기술

느끼기까지 다소 시간과 인내심이 필요하다. 대부분의 사람들이 꽤 오랫동안 부정적인 자기 대화를 해 왔으며, 따라서 부정적인 자기 대화에서 벗어나는 데도 마찬가지로 시간이 걸린다.

요점

'자아 소통의 중도'는 우리가 경험하는 부정적인 자기 대화와 그 기저에 있는 판단을 알아차리고 탐구하고 내려놓는 데 도움이 되는 수행 과정이다.

4장

귀 기울이기 수행

한 뛰어난 학자가 선에 대해 물어보려고 선사를 찾아갔다. (이 학자는 고려말 조선 초의 문신 맹사성으로 알려져 있다. 열아홉 어린 나이에 장원급제하고 스무 살에 경기도 파주 군수가 된 맹사성은 자만심으로 가득 차 있었다. 무명 선사와의 만남 이후로 크게 깨달은 그는 겸손하고 몸을 낮추는 것을 좌우명으로 정진하여 명재상이 되었다.—옮긴이 주)

선사가 학자에게 차를 대접하는데, 찻잔이 가득 찬 후에도 계속해서 찻물을 부었다. 차탁 위로 찻물이 흘러넘치자 학자는 잠시 지켜보다가 큰 소리로 말했다.

"스님, 찻물이 넘치고 있습니다."

선사는 미소를 지으면서 다관을 내려놓고 대답했다.

"자네가 그 찻잔과 같음을 알지 못하는고? 이미 머릿속에 지식이 넘치는데 내가 뭘 가르치겠는가? 자네는 찻잔을 비워야 하네."

(두 가지 버전의 찻잔 이야기가 도처에서 발견된다. 이 이야기의 유래에 대한 설명을 보려면 https://www.thoughtco.com/empty-your-cup-3976934.를 방문하라.) 이야기가 주는 한 가지 교훈은 귀 기울이기 수행이 새로운 것을 배우려는 의욕을 불러온다는 것이다. 오롯이 귀 기울여 들을 때 우리는 세상 일이 원래 그런 거라는 식의 낡은 관념을 버리고 실제로 상황이 어떠한지를 알아차리게 된다. 이 수행을 하는 과정에서 첫째 목표는 우리가 실제로 자기 자신에게 어떤 식으로 말하는지를 발견하는 것이다. 다시 말해서 많은 사람들이 일단 자기 자신에게 귀 기울이고 부정적인 자기 대화가 나타날 때마다 매 순간 알아차리는 법을 배우게 되면, 그들이 실제로 저지르는 부정적인 자기 대화가 얼마나 많은지를 알고 놀란다.

앞에서 말했듯이 부정적인 자기 대화를 알아차리는 것이 어려운 이유는 오랫동안 이런 종류의 자기 대화를 하면서 살아온 나머지 부정적인 판단을 사실로 오해하기 때문이다. 앞 장에서 소개된 도구를 통해 여러 형태의 부정적인 자기 대화가 나날의 삶에서 나타나는 방식을 더 잘 이해할 수 있을 것이다. 이 새로운 도구를 사용하려면 주의 깊게 자기 자신에게 귀를 기울이기 시작해야 한다.

마음챙김은 진정한 귀 기울이기의 중요한 요소이며, 낡은 판단과 자기 대화로부터 벗어나기 위해 꼭 필요한 것이다. 마음챙김은 지금 이 순간을 무비판적으로 알아차리는 수행이다. 마음챙김이 흔히 '주의를 기울이는 것'으로 생각하는 것과 구별되는 점은 마음챙김을 통해 우리는 무엇이든 마음속에 떠오르는 것을 모조리 알아차리는 관찰자가 되며, 여기에는 자기 대화도 포함된다는 것이다. 이런 관점에서 나는 마음챙김을 지금 이 순간에 우리의 내면세계에서 일어나고 있는 것과 외부세계에서 일어나고 있는 모든 것에 주의를 기울이는 것이라고 정의한다.

종종 우리는 자신의 생각과 말 그리고 주변에서 일어나고 있는 모든 일에 섬세하게 주의를 기울이지 않으며, 세상과 자기 내면의 대화를 매 순간 있는 그대로 경험하기보다는 무의식적으로 세상을 살아간다.

이 문제를 아주 잘 설명해 주는 또 하나의 이야기가 있다. (이 옛날이야기는 《명상 이야기ZEN STORY》 중 The Horse〔Mindfulness〕에서 발췌한 것이다. Bodyandsoulnourishmentblog, 5 Dec. 2016, amiracarluccio.com/2016/08/31/zen-story-the-horse/.)

한 남자가 말을 타고 쏜살같이 길을 달려왔다. 마치 중요한 볼일이라도 있는 것 같았다.

길가에 서 있던 다른 남자가 큰 소리로 물었다.

"어디를 그리 바삐 가시나?"

말을 탄 남자가 대답했다.

"나도 몰라. 말한테 물어봐!"

많은 사람들에게 마음은 길들이지 않은 말과 같아서 끊임없이 우리를 고통의 길로 이끈다. 마음은 부정적인 자기 대화와 판단으로 우리가 평정심을 떨쳐 버리게 만든다. 주의 깊게 귀 기울이기 수행은 야생마를 길들이는 첫걸음이다.

호흡 연습은 마음챙김의 기초를 배우기에 특히 좋다. 지금 당장 잠시 폐를 공기로 부풀리면서 심호흡을 해 보라. 공기가 코를 통해 이동하고 폐로 들어가는 것을 느껴 보라. 이제 몸을 완벽하게 제어하면서 천천히 내쉬어라. 어깨의 긴장이 늦추어지는 것을 느껴 보라. 숨을 쉴 때마다 가슴이 부풀어 오르는 것을 느껴 보라. 이런 식으로 당신의 알아차림, 즉 마음챙김을 호흡에 두고 바로 이 순간에 일어나고 있는 일에 온전히 귀 기울여 보라.

마음챙김의 기원은 불교 명상으로 거슬러 올라간다. 불교 명상에서 알아차리는 것은 생각에 너무 많은 의미를 부여하지 않고 그저 생각을 지켜보고 알아차리는 것이다. 그보다도 우리의 목표는 하늘 위에 구름이 흐르듯이 생각이 그저 스쳐 지나가게 두는 것이다. 명상을 해 본 많은 이들(여러분을 포함해서!)은 이것이 말하기는 쉬우나 행하기는 어렵다는 것에 동의할 것이다.

귀 기울이기 수행을 할 때의 목표는 내면의 대화, 특히 부정적인 자기 대화에 불교 명상에서 말하는 관찰자 사고를 가져오는 것이다. 무의식적으로 부정적인 자기 대화에 사로잡히지 않고(즉 부정적인 자기 대화를 믿지 않고), 그것을 알아차리는 순간 우리는 이미 부정적인 자기 대화를 끝내기 위한 첫걸음을 시작한 것이다.

여러분에게 이 수행을 시작하라고 권유하는 것도 이 때문이다. 슬프거나 화나거나 죄책감이나 자괴감을 느끼거나 두렵거나 스트레스를 받거나 후회하는 등 부정적인 감정을 느끼는 것을 발견할 때마다 그것을 내면의 대화에 오롯이 귀 기울이는 계기로 삼아라.

대개 이처럼 괴로운 순간에, 일이 뜻대로 잘 되지 않을 때 비로소 우리는 자기 자신에게 관심을 갖게 된다. 가령 죄책감이나 자괴감을 느끼거나 후회스러울 때 우리는 '이런저런 일을 했더라면 지금과는 달라졌을 거야….'라는 독백을 하고 있는 것을 알아차릴 수 있다. 좌절하거나 스트레스를 받는 시기에는 '난 제대로 하는 게 아무것도 없어…'라는 독백을 하고 있는 것을 알아차릴 것이다.

주의 깊게 귀 기울이면 실제로 우리가 느끼는 수많은 부정적인 감정이 부정적인 자기 대화의 직접적인 결과라는 사실을 알 수 있다. 우리의 감정이 내면의 독백의 결과가 아닐지라도 바로 이런 순간에 부정적인 자기 대화가 불쑥 떠오르거나 이미 타고 있는 번민의 불을 더욱 부채질하기 쉽다.

어느 경우에나 주된 목표는 더 이상 이런 해로운 말과 그 기저에 있는 판단을 알아차리지 못한 채 무턱대고 내버려두지 않는 것이며, 이 목표에 도달하는 비결은 바로 주의 깊게 귀 기울이기다.

부정적인 자기 대화를 물리치기 위해 유용한 기법은 단지 그 순간에 있는 그대로 알아차리는 것이다. 가령 나는 스스로 자기 대화를 하는 것을 알아차리면 "괜찮아, 신시아, 그건 바보 같은 생각이야. 부정적인 자기 대화였어."라고 나 자신에게 대꾸한다. 그런 말을 했다고 나 자신을 비난하거나 책망하기보다는 그저 그 말이 부정적이었다는 사실을 알아차리는 것이다. 이처럼 부정적인 자기 대화를 알아차림 하는 것만으로도 부정적인 자기 대화에서 벗어나는 데 도움이 될 수 있다.

대체로 자기 대화를 알아차리고 그것에 붙들리지 않는 것만으로도 즉시 기분이 나아지게 되니, 이처럼 귀 기울이기 수행은 그 자체로 유익하다. 일단 부정적인 자기 대화를 알아차리고 나면, 부정적인 자기 대화를 알아차린 직후든 나중에 더 오래 깊이 탐구를 할 때든 간에 '자아 소통의 중도'에서 다음 단계로 나아갈 수 있게 된다. 다행히도 처음 부정적인 자기 대화를 알아차리는 행위만으로도 고통을 줄일 수 있다. 이런 부질없는 소통 방식을 알아차리는 매 순간, 우리가 그런 것에 덜 사로잡혀 있다는 의미이기 때문이다.

자아 소통에 연민을 불어넣기

귀 기울이기 수행의 다음 부분은, 우리가 자기 자신에게 진실하지도 유익하지도 친절하지도 않은 말을 하고 있다는 사실을 알아차리는 순간 자기 자신에게 연민을 품는 것이다. 이처럼 귀 기울이기 수행은 우리가 자기 자신의 가장 신랄한 비평가가 아니라 가장 친한 친구처럼 행동하게 만드는 수단을 제공하기 때문에 독자적인 수행으로 유익하다. 자기 자신에게 연민을 지닐 때 우리는 기분이 좋아져서 즉시 삶을 변화시킬 수 있기에 귀 기울이기 수행은 더할 나위 없이 중요하다. 우리가 자신에게 연민을 품는 것은 또한 나머지 수행을 계속하면서 우리 자신을 지탱하는 데에도 도움이 될 것이다.

불교에서 흔히 말하는 자비심은 다른 사람들을 자기 자신처럼 보는 것으로 길러진다. 자비심은 타인의 괴로움과 고통, 욕구와 요구에 주의 깊은 관심을 가져가는 것이며, 그렇게 해서 우리는 다른 이들도 우리와 똑같은 사람임을 이해하게 된다. 이것은 놀라운 수행이며, 이 수행을 해 본 사람들은 누구나 효과가 있다고 말한다.

자기 자신에 대한 자비심을 기르는 데 있어서 이 수행과 관련된(하지만 정반대의) 버전을 이용하기 바란다. 다른 사람들을 당신 자신처럼 보는 대신에 당신 자신을 다른 사람들처럼, 특히 가장 친한 친구처럼 보라. 세상에서 당신이 가장 사랑하고 좋아하는 사람을 잠시 생각해 보고, 특히 그들이 힘든 시기에 부닥쳤을 때 줄곧 그들을 지지하고 격려했던 순간을 생각해 보라. "난 정말 루저야."라든가 "난 너무 못생겼어."라든가 "또 실패했어."라는 말을 듣는다면, 그들에게 무슨 말을 해 줄지 상상해 보라.

이제 그들의 입장에 처해 있는 자신을 보고, 가장 친한 친구와 나누었을 만한 위로의 말을 되풀이하기를 바란다. 아마도 친구에게 이런 말을 했을 것이다. "괜찮아, 넌 잘하고 있어. 너무 자책하지 마." 다음번에 자기 자신에게 부정적인 비난을 퍼붓고 있는 것을 알아차리거든, 당신 자신에게도 똑같은 말을 해 주기를 바란다.

많은 사람들에게 있어 이는 자기 자신과의 대화에 있어서 획기적인 변화다. 살아가면서 우리는 자기 자신에게 말하는 방식으로 인해 불필요한 고통을 지나치게 불러들인다. 부정적인 자기 대화에 주의 깊게 귀 기울이고, 부정적인 말 대신에 자비로운 말을 자기 자신에게 들려주면 이런 고통을 상당히 줄이거나 완화할 수 있다.

덧붙이자면 자기연민self-compassion이 그토록 어려운 한 가지 이유는 세상은 종종 정반대의 사람을 지지하며, 자기연민을 장점이기보다는 약점으로 치부하기까지 하기 때문이다. 가령 우리 동네 체육관에는 이른바 '극기 훈련'이라는 피트니스 강좌가 있는데, 특히 다이어트와 체력 단련 영역에서 많은 사람들이 자신의 목표를 달성하려고 훈련 교관과 같은 정신력을 보이는 것을 보면 전혀 놀라운 일이 아니다. 우리 사회에는 힘든 상황에 처해 있을 때 외부의 도움에 의존하기보다는 '혼자 힘으로 일어서는 것'이 바람직하다는 잘 알려진 정서가 있기 때문에, 우리의 언어 또한 이런 생각을 뒷받침하고 있다. 몸매를 유지하거나 목표를 달성하는 일에 반대하는 것은 아니지만, 이런 메시지가 암시하는 것이 자신을 채찍질해서 목표에 도달해야 한다는 생각이라는 사실을 알아차리기를 바란다.

여기서 이런 의문이 든다. 목표를 달성하기 위해 이런 온갖 자책이 정말로 필요한가? 자기 자신을 격려하면서도 그만큼 성취를 하는 것이 가능할까? 내 경험으로는 훈련 교관보다는 치어리더를 택하는 방법이 훨씬 더 효과적이었으며, 운동하는 동안 확실히 더 행복감을 느낄 수 있다.

부정적인 자기 대화의 함정

주의 깊게 귀 기울이기는 또한 '자책을 위한 자책'이라는 함정에 빠지지 않도록 하는 데 도움이 된다. 내담자들 중에는 부정적인 자기 대화를 알아차리기 시작하면서, 부정적인 자기 대화를 한 자신을 호되게 꾸짖는 사람들이 있다. 말하자면 "이 따위 온갖 부정적인 자기 대화를 하면서 그 사실을 깨닫지도 못하다니! 나에게 무슨 문제가 있는 거지?"라거나 "그 책을 읽고 전문가의 강좌를 들은 후에도 여전히 자책을 하고 있다니 믿을 수 없어!"라는 식이다.

이것은 얼마나 더 많은 부정적인 자기 대화가 뒷문으로 슬그머니 끼어들 수 있는지를 보여 주는 단적인 예다. 우리는 자신을 돕기 위한 도구를 자신을 해치는 잣대로 사용하며, 완벽하게 해내지 못하면 자신을 매우 힘들게 한다. 이 여정에서 나아갈 때 이 부분에 주의를 기울이자.

주의 깊게 자기 자신에게 귀 기울이는 법을 아는 것은 부정적인 자기 대화에 더 많은 주의를 기울일 수 있다는 의미다. 이제 목표는 그로 인해 우리 자신에게 실망하거나 분노하거나 비난하거나 분석하지 않고, 그저 있는 그대로 지켜보고 자기 자신에게 연민을 불어넣는 것이다. 예를 들어 위와 같은 말을 하기보다는 이런 말을 할 수 있을 것이다.

"지금 이 순간 나는 자신에게 부정적으로 말하는 것을 알아차리고 있다. 그 사실을 알아차려서 기쁘다. 나는 여전히 배우고 있으며, 최선을 다하고 있다."

요점은 이 수행을 시작하면서 자기 자신에게 너그러워지라는 것이다. 대부분의 사람에게 이 수행은 자기 자신과 상호작용하는 완전히 새로운 방식이기 때문이다. 여기서 목표는 마음의 야생마가 원하는 방식으로 당신을 끌고 가게 내버려두면서 무의식적으로 살지 않고, 그 대신 연민을 가지고 부정적인 목소리에 대처하는 것이다. 일단 이렇게 하면 부정적인 자기 대화를 불러일으키는 근원적인 생각과 판단을 탐구하는 수행에 주의를 기울일 수 있게 된다. 이것이 다음 장의 주제다.

연습

부정적인 자기 대화에 대한 개인적 취향을 알아차려라

나의 개인적인 경험과 내담자들과의 상담을 통해 알게 된 사실은 살아
가면서 어느 정도 부정적인 자기 대화를 할 수 있지만 대부분의 사람들
에게는 '주제', 즉 선호하는 분야가 있어서 줄곧 자기만의 부정적인 자
기 대화로 되돌아간다는 것이다. 다음은 부정적인 자기 대화가 제각기
어떤 식으로 나타나는지를 보여 주는 몇 가지 종류와 사례다. 사례들을
살펴본 후 자신의 카테고리 목록을 만들라. 자신의 반복적인 자기 대화
를 알아차리는 것에 대해 앞의 연습에서 만든 목록을 살펴보는 것이 도
움이 될 것이다.

부정적인 자기 대화의 종류를 개인의 요구에 맞게 마음대로 바꾸어
라.(가령 어떤 사람들은 저마다 가진 부정적인 자기 대화에 따라 인간관계를
배우자와 가족으로 나누고 싶어 할 것이다.)

언제 부정적인 자기 대화를 경험했는지 실례를 찾기 어려우면, 당신이
괴로웠던 시기를 기억하는 것으로 시작하라. 그런 다음 그에 걸맞은 부
정적인 자기 대화를 생각해 보라. 앞의 연습에서 가져온 목록을 사용해
서 시작할 수도 있다.

인간관계
- 난 애교가 없어.
- 난 인정을 받지 못해.
- 아무도 그녀만큼 나를 좋아하지 않아.
- 난 결코 진실한 사랑을 찾을 수 없을 거야.

- 난 나쁜 배우자/아들/딸/가족이야.

신체 · 외모
- 난 못생겼어.
- 이 옷은 나한테 최악의 차림새야.
- 난 뚱뚱한 것 같아.
- 난 그/그녀만큼 매력적이지 않아.

일/교육/재정
- 그녀는 나보다 더 성공적이야.
- 아! 난 결코 저런 집을 살 수 없어.
- 난 대학을 졸업하지 못해서 원하는 직장에 들어갈 수 없을 거야.
- 난 돈이 더럽게 안 모여.

개인의 성장(영성 수행의 진전이나 취미생활의 진도 등)
- 그들의 작품이 내 것보다 훨씬 훌륭해!
- 온갖 책을 읽었으니 지금쯤은 이미 깨달았어야 하는데.
- 날마다 명상을 하지만 차가 막힐 때는 여전히 화가 나.
- 대체 내가 왜 이러는 거지?

훈련 교관을 해고하고 치어리더를 고용하라

훈련 교관은 우리 문화에서 고통의 아이콘이지만, 많은 사람들이 매일 아침 그를 의무감으로 깨운다. 이는 교관을 해고하고 치어리더로 대체하라는 초대다. 다이어트, 운동, 일과 관련된 목표 등 우리 자신에게 무리한 것을 요구하는 모든 분야의 목록을 만드는 것으로 시작하라. 이제 다음번에 이 분야와 관련된 일을 시작할 때, 그 일을 시작하기 전과 마치기 전에 마치 친한 친구에게 말하듯이 자기 자신에게 말하라.

내 친구 중 한 사람은 테니스를 아주 열심히 치는데, 이 연습을 시작한 후 놀라운 효과를 보았다. 경기 중에 자신의 생각에 귀를 기울이면서 그는 자기가 실수를 하면 종종 '이봐, 벤! 정신 차려!'라거나 '끔찍한 샷이군, 대체 왜 이러는 거지?'라는 식으로 자신에게 마구 호통을 친다는 사실을 알아차렸다. 2주 동안 실수를 했을 때 그는 '괜찮아, 이번엔 더 잘할 수 있을 거야.'라거나 '조금 쉬어, 그저 되는 대로 하라고.'라는 식으로 좀 더 긍정적인 말로 바꾸려고 의식적으로 노력했다.

그는 이런 변화를 통해 경기력이 향상되었을 뿐 아니라 시합이 훨씬 더 즐거운 시간이 되었다고 생각한다. 훈련 교관을 해고했을 때 유사한 결과를 경험할 수 있는지, 당신도 자기만의 격려 메시지를 가지고 실험을 해 보라.

요점

귀 기울이기 수행을 통해 우리는 부정적인 자기 대화를 알아차리고 부정적인 말에 사로잡히지 않고 놓아 줄 수 있게 된다.

오롯이 자신에게 귀 기울이면서 스스로에게 불친절하게 말하고 있는 것을 알아차리거든 자기 자신에게 자비심을 품어라.

5장

탐구하기 수행

내가 불교를 좋아하는 이유 중 한 가지는 불교가 현실적이라는 것이다. '판단하지 말라.'는 규칙을 세우기보다는 우리가 원하든 원하지 않든 간에 대체로 우리 마음속에 판단이 일어난다는 사실을 받아들이고 이해한다는 것이 불교의 입장이다. 또 자기 판단의 근원을 반성해 보고, 이런 판단을 뒷받침하여 끊임없이 부정적인 자기 대화가 일어나게 하는 어떤 생각이 있는지를 살펴보는 것이 훨씬 더 유익하다.

이 부분이 바로 탐구하기 수행이 시작되는 지점이며, 우리는 부정적인 자기 대화의 이면에 숨어 있는 생각과 판단을 탐구하고자 한다. 왜냐하면 그런 생각과 판단이 자기 비난의 근본 원인이기 때문이다. 부정적인 자기 대화를 들추어내 거기서 풀려나는 것은 불필요한 고통을 덜어내는 데 많은 도움이 될 것이다.

대부분의 탐구자들은 진리를 밝혀 내려고 탐구를 시작하는데, 여기서 우리가 하려는 것이 바로 그런 것이다. 탐구하기 수행을 하지 않는다면 부정적인 자기 대화를 알아차릴 수 없으며, 이 수행을 통해 우리는 한 단계 도약할 수 있을 것이다. 탐구하기 수행에서의 목표는 우리가 붙들고 있는 어떤 신념이나 생각이 부정적인 자기 대화와 판단을 초래하는지를 알아내는 것이다. 말하자면 우리는 근본 원인을 알아내고자 한다.

생각과 판단의 관계를 잘 설명해 주는 선 이야기가 있다.

어느 마을에 새로 이사를 온 사람이 있었는데, 자기가 그 마을을 좋아하게 될지 궁금하게 생각했다. 그는 선승을 찾아가서 물었다.

"제가 이 마을을 좋아하게 될까요? 마을 사람들은 친절한가요?"

선승이 되물었다.

"자네가 살다 온 마을 사람들은 어땠나?"

이사 온 사람이 대답했다.

"더럽고 탐욕스러운 사람들이었어요. 그들은 노상 화를 내고 사기와 도둑질을 일삼고 있었답니다."

그러자 선승이 대답했다.

"이 마을 사람들이 바로 그렇소."

또 한 사람이 새로 이사를 와서 그 선승을 찾아가 같은 질문을 하자, 선승이 대답했다.

"자네가 살다 온 마을 사람들은 어땠나?"

이사 온 사람이 대답했다.

"그 마을 사람들은 친절하고 이웃과 사이좋게 지냈어요. 서로 돌봐 주고 나라를 걱정했으며 서로 존중했어요. 그들은 도반이었습니다."

그러자 선승이 대답했다.

"이 마을 사람들이 바로 그렇소."

(이 인용문은 여러 출전이 있는 것으로 알려져 있지만, 클라우디아 알투처Claudia Altucher가 각색한 이 버전은 https://thoughtcatalog.com/claudia-azula-altucher/2013/04/8-zen-master-stories-that-illustrate-important-truths/.에서 볼 수 있다.) 이 이야기는 우리가 흔히 보고자 하는 것만을 본다는 사실을 설명해 준다. 따라서 우리가 자기 자신의 생각을 탐구하지 않는다면 계속

나에게 친절히 대하는 기술

해서 똑같은 방식으로 보고 똑같은 판단을 내리며 똑같이 부정적인 자기 대화를 초래하게 된다.

내 경험으로는 마음이 신념을 형성하고 판단을 하고 부정적인 자기 대화를 불러일으키기 위해 사용하는 세 가지 주요 요인이 있다. 이 세 가지 요인은 과거의 경험, 사회적 관념, 결핍의 개념이다. 이런 것만이 원인은 아니지만, 내가 만난 사람들은 누구나 이 세 가지 요인에 의해 어느 정도 영향을 받았다.

게다가 이 세 가지 요인은 저마다 부정적인 자기 대화를 위한 명분을 제공한다는 점에 있어서 특히 유력하다. 이 세 가지 요인을 자세히 살펴보면서 당신 자신의 삶에서, 특히 진실하지도 유익하지도 친절하지도 않은 신념을 형성하는 데 이 세 가지 요인이 어떤 식으로 나타났는지 생각해 보라.

과거의 경험 탐구하기

불교에서는 흔히 인과관계에 주목한다. 우리 자신에 대한 생각의 측면에서 우리가 과거에 한 모든 행동(혹은 무위)은 어떻게든 지금 우리가 자신을 보는 방식에 영향을 미쳐 왔다고 말할 수 있다. 누구나 자랑스러운 순간이 있지만 괴로운 순간도 있다.

말하자면 죄책감이나 자괴감, 수치심을 느낀 경험도 있다. 이런 괴로운 경험의 결과를 의식적으로 다스리지 않으면, 그것이 우리의 자존감에 지속적인 영향을 미치기 때문에 우리는 언제까지나 이런 정서적 고통에서 벗어나기 어렵게 된다.

사실 살아오면서 누구나 바람을 피우거나 친구에게 거짓말을 하거나 재정 문제로 송사에 휘말리거나 몸싸움을 겪는 등 떳떳하지 않은 일을 한 적이 있을 것이다. 이런 경험으로 인한 정서적 고통을 건전한 방법으로 다루지 않으면, 언제고 고통의 기억이 되살아나서 부정적인 자기 대화를 부추기게 마련이다.

스스로 '루저'로 판단하는 것과 같은 경험은 우리의 자존감은 물론이고 우리가 자기 자신에게 말하는 방식에도 똑같은 영향을 미칠 것이다. 이혼을 하거나 학교를 중퇴하거나 선망 받는 직장을 잃거나 승진에서 제외되는 등의 일은 모두 우리의 자존감을 구길 만한 중대 사건이다. 어떤 일을 했거나 하지 않았기 때문에 자기 자신에게 실망했던 과거의 어떤 사건을 모조리 되돌아볼 수도 있다. 이 모든 행위와 무위가 공통적으로 도달하는 한 가지 문제는 우리가 그런 경험의 짐을 마치 무기처럼 들고 다니면서 종종 꺼내들고 자신에게 휘두른다는 것이다.

예를 들어 한 내담자는 '꿈의 직업'을 가지려고 일찌감치 대학을 중퇴했다. 결국 그 일은 그가 바란 대로 잘되지 않았는데,

바로 복학을 하지 않았던 그는 나중에 복학할 거라고 자기 자신에게 말했다. 그 후 그는 곧 결혼을 하고 아빠가 되었으며, 머지않아 복학을 한다는 것은 더 이상 현실적인 선택이 아니게 되었다. 해가 지날수록 그는 대학을 마치지 못한 것을 자책했으며, 종종 업무적인 관계에서도 스스로 남들과 비교하면서 자신이 중퇴한 사실을 인정하기를 창피해했다. 사실 그 일을 깊이 생각하는 사람은 아무도 없었겠지만, 그 자신은 그랬다. 그럴 때마다 스스로 '학력 미달'이나 '중퇴자' 또는 '루저'라는 딱지를 붙였다.

한편 과거에 다른 사람이 저지른 범죄의 피해자로서, 그 범죄 행위로 인해 계속해서 자존감에 영향을 받게 되는 이들도 있다. 신체적이든 정신적이든 정서적이든 간에 학대를 당한다면(성인이든 어린이든), 우리는 자기도 모르게 그 사실을 자신의 부정적인 자아상의 일부로 만들 수 있다. 바꿔 말하면 실제로 피해자가 스스로 그런 학대를 당할 만하다는 잘못된 신념을 가질 수가 있다. 물론 말도 안 되는 소리지만, 안타깝게도 그런 잘못된 신념이 너무나 널리 퍼져 있어서 수많은 책에 등장하는 단골 소재가 되어 왔다.

특히 어떤 문화에서는 스스로 수치스러워서 나서지 못하는 성폭행 피해자도 있으며, 많은 문화에서 오늘날에도 여전한 상황이다. 만약 당신이 그런 성폭행 피해자라면 특별히 전문가의 도움을 받으라고 권유하고 싶다. 심리치료사와 관련된 자조 모임을 찾도록 하고, 여기서 설명하는 수행을 병행하면 많은 도움이 될 것이다.

대부분의 사람들이 이처럼 극적인 피해자가 된 경험은 없지만, 그렇다고 해서 우리가 입은 피해의 영향을 무시할 수는 없다. 가령 한 내담자는 이런 이야기를 했다.

초등학교 6학년이었을 때 한 무리의 남자아이들이 나를 놀렸다. 그 애들이 정확히 무슨 말을 했는지 기억나지 않지만, 요지는 내가 뚱뚱하다는 것이었다. 그날 이전에는 내가 뚱뚱하다고 생각해 본 기억이 없고, 나의 신체 이미지에 대해서는 생각조차 한 적이 없다.

하지만 그때를 기점으로 나 자신에 대한 인식이 완전히 바뀌었다. 거울에 비친 내 모습을 비판하고 내가 입는 모든 옷차림을 판단하고 나 자신을 친구와 비교하기 시작했다. 이 경험이 지난 20년 동안 내 몸에 대한 나의 인식을 형성하도록 내버려뒀다는 사실을 깨닫기까지 20년이 걸렸다. 바보 같지만 성인으로서 내가 내 몸을 보는 방식은 나를 뚱보라고 불렀던 6학년짜리 아이들에 의해 정의되었다. 하도 오래되어서 자세한 이야기는 잘 기억도 나지 않지만, 나는 언제나 똑같은 자조적인 말을 되풀이하게 되었다.

"어떤 옷도 나한테는 어울리지 않아. 살을 4킬로그램만 뺄 수 있다면. 난 너무 뚱뚱해."

내담자가 탐구하기 수행을 시작했을 때 그녀는 자신이 약간은 그 아이들의 판단에 동조했다는 사실을 깨달았다. 그랬기에 스스로 평가를 받고 '뚱보'라는 딱지를 붙이기 위해 새삼 그 아이들을 눈앞에 소환할 필요도 없었으며, 혼자서도 그 역할을 다 해낼 수 있었다. 다음 수년 동안 그녀는 이름조차 기억나지 않는 그 6학년짜리 남자아이들을 대신해 자기 자신을 판단했다. 그녀의 자백에 따르면 자신의 판단과 부정적인 자기 대화가 그녀를 지배했으며, 그 남자아이들이 했던 것보다 훨씬 더 자신을 깎아내렸다. 바로 탐구하지 않고 잘못된 신념과 판단이 형성되게 내버려둔 엄청난 결과다.

이 내담자의 경우 다행스러운 것은 여기서 이 이야기가 전환점을 맞는다는 사실이다. 탐구하기 수행을 통해 그녀는 이런 부정적인 자기 대화를 초래한 근원적 경험을 확인할 수 있었다. 그녀는 문득 알아차렸는데 그 깨달음은 섬광처럼 명료하게 왔다. "내가 더 이상 뚱보라고 생각하고 싶지 않았다면, 우선 그 6학년짜리 아이들에게 동조하지 말았어야 했어!"라고 그녀는 말했다. 이론상으로 간단한 만큼 이것은 그녀 자신의 견해를 변화시키는 데 있어서 중요한 단계였다. (물론 실천은 훨씬 어렵다.)

20년 전에 내린 뚱보라는 사소한 판단이 현재의 신념과 판단, 그 결과로 초래된 부정적인 자기 대화에 있어서 그토록 중대한 영향을 미칠 수 있다는 것이 이상하게 보일지 모르지만 이것이 과거 경험의 힘이며 우리가 과거 경험을 탐구하는 수행을 하는 이유이기도 하다.

사회적 영향 탐구하기

〈매드맨Mad Men〉이라는 드라마를 본 적이 있는가? 모르는 분들을 위해 말하자면 이 드라마는 1960년대 뉴욕 맨해튼의 한 광고회사를 배경으로 이야기가 전개된다. 나는 시리즈물로 그려진 상품 광고에 매료되었는데, 광고회사는 팬티스타킹 같은 상품을 여성 필수품으로, 시계를 남성들의 사치품으로 바꿔 놓을 수 있었다. 젊은 시절에 나는 콜럼버스의 한 광고회사에서 인턴 사원으로 일한 적이 있다. 곧 깨닫게 된 것은 광고 산업의 이면에는 무수한 창조적인 사고가 잠재되어 있다는 사실이었다.

사람들에게 특별한 상품에 대한 욕구를 불러일으킬 만한 이야기를 생각해 내려면 엄청난 상상력을 가져야 한다. 특히 그 자체로 썩 유쾌하지 않은 물건일수록 그렇다. (흡연이 좋은 예다.) 거의 모든 캠페인의 이면에 숨은 이야기는 광고된 상품이 시청자들을 광고 속의 인물처럼 아름답고 성공적이며 매력적인 사람처럼 느끼도록 만들 수 있을 거라는 생각이 들게 만들어졌다는 것이다.

광고 회사에서 오래 근무하지는 않았지만, 내가 광고업계에서 멀어지게 된 이유는 텔레비전과 광고판, 잡지에서 내가 보고 있는 것이 전부 가공된 것이라는 메시지 때문이었다. 이런 상황과 장면은 전부 아름다움과 사치, 건강, 섹스, 관계, 가족을 만드는 것이라는 이상에 근거하여 상품이나 서비스를 판매하기 위해 만들어졌다. 물론 인턴 사원으로 일하기 전에도 어느 정도는 이 사실을 알고 있었지만 직접 보는 것은 나에게 엄청난 영향을 끼쳤다. 또한 광고하는 상품을 구매하기만 하면 행복이 손에 잡힐 것처럼 광고주들이 우리를 설득하려고 눈속임과 이야기를 사용하는 방식을 더 주의 깊게 알아차리게 되었다.

'성공'에 대한 기존의 개념은 영화와 드라마에서 시작되었다. 나는 로맨틱 코미디 영화를 즐겨 보기에 내가 거기서 얻은 메시지는 이런 것이다. 즉 남자는 여자의 사랑을 쟁취하려고 필사적인 노력을 하는 것으로 되어 있으며 줄기차게 여자를 흠모하고 숭배하는 것으로 되어 있는 로맨틱 코미디에서 남자는 또한 여자보다 섹스를 갈구하는 것으로 되어 있다. 게다가 내가 따분하고 잔소리가 심한 여자라면 할리우드 로맨틱 영화의 주인공이 나를 좋아할 리가 만무하다는 사실을 알게 되었다. 나는 더 재미있고 매력적이고 섹시한 사람이어야 하고, 남자는 나의 사랑의 얻기 위해 무슨 일이든 기꺼이 하는 슈퍼 히어로가 되어야 했다. 영화와 드라마에서 본 것에서 정해 놓은 기대에 남자 친구가 부응하지 못하면, 분명히 내가 충분히 귀엽거나 재미있거나 섹시하거나 하지 않기 때문이라고 자신을 호되게 꾸짖었다.

자라면서 이런 생각들이 일부 사라지기는 했지만, 나 자신과 내담자들이 가진 케케묵은 생각은 쉽게 사라지지 않으며, 그런 생각이 계속해서 영향을 미치는 것에 끊임없이 주의를 기울이지 않는다면 언제고 새로운 방식으로 되살아난다는 사실을 발견했다.

이런 식으로 살아갈 때 한 가지 문제는 모든 상황에 적용될 수 있는 해답은 없다는 것이다. 신체적 아름다움은 주관적인 것이며, 건강한 관계는 사람들마다 다른 것을 의미한다. 즉 우리가 로맨틱하거나 성적으로 만족스러운 것으로 여기는 관계가 다른 사람들에게는 달리 느껴질 수도 있다. 무엇이 자신에게 진실인지를 찾아내지 않고 사회적 관념을 그대로 받아들인다면, 반드시 자기 판단과 부정적인 자기 대화의 형태로 고통이 따르게 된다.

분명히 말하자면 문제는 우리가 영화와 드라마, 광고를 좋아하는 것이 아니라 종종 자기도 모르게 이런 허구적인 이야기를 실생활의 상황을 판단하는 잣대로 사용한다는 것이다. 행복하거나 건강하거나 만족스럽다는 것에 대한 사회적 관념을 탐구하지 않고 그대로 받아들이면, 이런 불가능한 기준에 도달하지 못할 때 그런 고정관념이 수많은 판단과 부정적인 자기 대화를 불러일으킬 수 있다.

물론 이런 문제를 전문 광고인의 책임으로만 돌릴 수도 없으며, 사회에서 우리에게 영향을 미치는 메커니즘이 광고뿐인 것도 아니다. 선과 악, 옳고 그름, 성공과 실패에 대한 전통적 관념이 있는 우리 문화도 한몫을 한다. 성장하면서 우리는 수많은 고정관념을 의심하지 않고 받아들였으며, 고정관념에 부응하지 못할 때 스스로를 판단하는 또 다른 잣대를 들이밀었다.

과거의 경험에서 비롯된 신념과 판단은 대부분 유년기나 십대에 모든 일을 처음으로 경험했던 시기에 시작되었다. 내담자

중에는 너무 오래전의 경험이기 때문에 현재의 삶과 관련이 없다고 생각하는 이들도 있다. 하지만 사실 어린아이였을 때 우리는 스폰지와 같아서 모든 경험을 흡수하여 지금 우리의 모습을 형성한다.

우리가 성장한 사회는 우리의 세계관과 신념에 중대한 영향을 미쳤다. 결과적으로 누구나 '어떻게 보여야 한다.'는 선입견 없이 직업이나 관계(가족이든, 친구든, 연인이든)를 가지는 것은 불가능하다. 우리는 '어떻게 되어야 하는지'에 대한 고정관념을 가지고 있으면서 거기에 부응하지 못하면 은연중에 자기 판단과 부정적인 자기 대화를 조장하는 기반을 다져 왔다.

예를 들어 40대의 한 내담자는 수년간 심하게 부정적인 자기 대화를 하면서 지냈다. 상담을 받으면서 수행 중에 자기 자신의 생각을 탐구한 후 그녀는 사회적 영향이 가혹한 자기 판단과 부정적인 자기 대화에 얼마나 중대한 영향을 미쳤는지를 알고 깜짝 놀랐다. 어렸을 때 그녀는 이웃의 다른 소녀들과 정반대였다. 그녀는 운동을 잘하지도, 사교적이지도 못했고 대체로 수줍음이 많은 책벌레였다. 그녀는 치어리더로 나서거나 소프트볼도 하지 않았고, 또래 아이들이 가입한 교회 모임에도 참여하지 않았다.

그녀는 그런 활동을 좋아하지 않았지만, 항상 자신이 학교의 다른 여자아이들과 같기를 사회가(특히 부모가) 원하는 것처럼 느꼈다. 결과적으로 그녀는 부모를 기쁘게 하기 위해 자기는 관심이 없는 많은 일들을 하려고 노력했다. 당시에는 미처 몰랐지만, 그녀는 '착한 사람people-pleaser' 역할을 받아들인 것이었으며 단지 부모를 기쁘게 하기 위해 원하지 않는 것을 받아들였다. 결국 40대가 되어서야 남들을 실망시켰을 때 자신이 그 사실로 스스로를 가혹하게 비판한다는 사실을 깨달았다. 그녀의 착한 사람 증후군(People-Pleasing Syndrome, 착한 사람 콤플렉스라 부르기도 한다. 남의 말을 잘 들으면 착한 사람이라는 생각이 강박관념이 되어 버리는 증상.—옮긴이 주)은 너무 심해져서 남들을 기쁘게 해 주지 못하면 자신을 엄하게 책망했다. 이 사실을 깊이 들여다보자 자기가 남들을 기쁘게 해야 했던 것은 그들의 사랑을 받기 위해서였다는 생각이 들었다. 그녀는 어린 시절 내내 느꼈던 이런 감정과 생각을 더듬어 올라가 조사했다. 그녀는 자신이 다른 아이들과 잘 어울리지 않으면 부모를 포함해서 다른 사람들이 더 이상 자기를 사랑하거나 받아들이지 않을 거라는 잘못된 신념을 가지고 있었다.

탐구하기 수행을 통해 그녀는 자기 자신을 기쁘게 하는 것이 바로 자기가 할 일이라는 사실을 깨달았다. 마찬가지로 다른 사람들을 기쁘게 하는 것은 다른 사람들의 몫이었다. 이런 깨달음은 이기주의에서 나온 것이 아니라 균형 상태를 추구하는 데서 시작되었다. 나의 내담자는 여전히 남들을 기쁘게 하는 것을 좋아한다. 전과 다른 점은 그녀가 더 이상 남들을 기쁘게 하기 위해 자신을 희생하지 않으려고 한다는 것이다. 이것은 그녀가 자기 대화를 탐구함으로써 얻은 즉각적인 효과였다.

성 역할, 관계, 신체적 아름다움에 대한 관념, 재정적 성공 등에 대해 사회로부터 배운 것에 질문을 던지기 시작할 때, 비로소 우리는 이런 신념들 중 자신에게 해당되지 않는 것이 있는지를 탐구하고 찾아낼 수 있게 된다. 나의 내담자와 마찬가지로 당신은 부정적인 자기 대화가 있는 그대로 우리 자신, 즉 진정으로 우리가 되고자 하는 것이 아닌 다른 것이 되라는 외부의 압력에서 비롯된다는 사실을 깨달을 것이다. 요컨대 우리의 판단과 그에 걸맞은 부정적인 자기 대화는 자신이 되고 싶지 않은 것이 되려는 노력의 결과이며, 이런 사실을 깨닫는 것은 우리가 내려놓는 데 도움이 된다.

결핍 탐구하기

앞에서 보았듯이 사회는 끊임없이 우리가 행복해지려면 어떤 사람이 되어야 하며 무엇을 가져야 하는지에 대해 메시지를 보낸다. 이런 것과 동시에 오는 또 한 가지 메시지는 결핍이라고 하는 개념, 즉 우리가 원하는 재화의 양은 제한되어 있으며 결과적으로 남들보다 먼저 차지하는 편이 낫다는 신념이다. 부정적인 자기 대화와 판단을 일으키는 데 있어서 결핍에 대한 신념이 너무 만연하기 때문에 잠시 결핍에 대해 별도로 논의해 보고자 한다.

거시경제학이나 미시경제학의 측면에서 결핍은 실익이 있을 수도 있고 없을 수도 있지만, 내 생각에는 개인의 삶에서 우리가 추구하는 대부분의 것에 관해서라면 결핍이 전혀 도움이 되지 않는다.

특히 모두가 고루 누릴 만큼의 사랑이나 우정, 물질적 소유물이 없다고 생각하는 순간 우리는 비교와 경쟁이라는 관점에서 세상을 보기 시작한다. 이렇게 되면 친구는 행복해지기 위해 필요한 것을 더 많이 가지려고 다투는 경쟁자가 되고 만다.

결핍에 대한 신념은 불교에서 말하는 삼독의 하나인 탐욕을 부추긴다. 이 책의 앞부분에서 다루었듯이 부처의 가르침인 삼독, 즉 성냄과 어리석음, 탐욕 이 세 가지는 중생의 번뇌를 일으키는 근원이다. 더 많은 것을 찾는 행위는 지금 있는 그대로 우리가 충분하지 않다는 신념을 함축하며, 이런 신념이 부정적인 자기 대화를 불러오는 완벽한 환경을 조성한다.

때때로 내담자들 중에 결핍을 허구로 보는 것을 어려워하는 이들이 있다. "하지만 사실인걸요. 골고루 돌아갈 만큼 충분하진 않잖아요."라고 그들은 나에게 말한다. 그러면 나는 그들에게 깊이 들여다보고 이 질문에 대답해 보라고 한다. "꼭 필요한 것을 가지지 못한 적이 있습니까?"

다시 말해서 살아오면서 우리가 원하는 것을 가지지 못한 적이 여러 차례 있었지만, 지나온 나날을 되돌아보면 당시에는 그렇게 생각하지 않았을지라도 사실 우리는 언제나 꼭 필요한 것을 가지고 있었다.

그 점에 있어서 나에게 동의하는지와 무관하게 결핍에서 일어난 부정적인 자기 대화가 두려움에 근거하고 있다는 사실에는 누구나 수긍할 것이다. 자기 자신이 부족하다거나 충분히 가지지 못할 거라고 생각할 때, 부정적인 자기 대화는 언제든지 나타나게 마련이다. 결핍에 대한 신념을 반성하기까지 부정적인 자기 대화는 끊임없이 우리 자신이 부족하며 충분히 가지지 못했다고 상기시킨다.

이런 이유로 나는 종종 내담자들에게 "'충분한 것'을 충분히 가진 적이 있습니까?"라는 질문을 한다. 말하자면 '충분한 것'은 나에게 붉은 깃발이다. 바로 그 순간에 결핍에 대한 나의 신념과 관련된 판단이 일어나고 있는지를 살펴보라는 위험 신호 말이다. 그러면 나는 더 깊이 살펴보고, 내가 어떤 종류의 결핍을 경험하고 있는지 탐구할 수 있게 된다. 부족한 것이 재정 문제인가? 사랑인가? 아름다움인가? 일단 그것을 알아차린 후에 나는 결핍의 본질적인 오류를 스스로에게 상기시킬 수 있다.

알다시피 불교의 기본 교의는 우리가 있는 그대로 충분하며, 언제나 충분했으며, 늘 충분할 것이라는 것이다. 이런 견해에 진심으로 동의한다. 탐구하기 수행은 다른 생각이 끼어들 때마다 이 본질적인 진실을 알아차리게 한다.

자기 판단의 근원 탐구하기

부정적인 자기 대화의 일곱 가지 흔한 표현과 마찬가지로 부정적인 자기 대화의 세 가지 요인도 서로 겹칠 수 있다는 사실을 알아차렸을 것이다. 과거의 경험과 사회적 영향, 결핍이 합쳐져서 인간 존재의 의미에 대한 우리의 신념을 형성하기 때문이다.

우리의 자기 판단에 중요한 또 한 가지 신념은 '뭔가 결함이 있다거나 죄책감이 든다거나 쓸모없는 사람'이라는 생각이다. 자세한 논의는 이 책의 범위를 벗어나는 것이지만, 잠시 이 주제를 다룸으로써 살아가면서 어떤 식으로 그런 생각이 일어나는지에 주의를 기울일 필요가 있다.

우선 우리가 결함이 있다는 생각은 예부터 전해진 생각이며, 거의 모든 종교의 창조 이야기에 등장한다. 유태교와 크리스트교 그리고 이슬람교의 전통에는 에덴동산 이야기가 나오며, 그 이야기는 원죄와 타락에 대한 생각을 우리의 마음에 심어 놓는다. 기독교가 지배적인 종교인 서구 사회에서 비천한 인간이라는 개념은 예수가 우리의 죄를 대신해 죽었다는 신념을 통해 강화된다.

불교 전설에서도 인간 존재의 '부질없음'을 인간 조건의 일부로 인정했다. 부처가 보리수나무 아래에 앉아 깨달음을 구하고 있을 때, 마귀 마라Mara가 찾아와서 그에게 깨달음에 어울리지 않는 '보잘것없는 사람'이라고 일러주면서 단념시키려고 유혹했다.

이런 종교나 그들의 생각이 잘못되었다는 의미가 아니다. 내가 말하고자 하는 요점은 단지 대부분의 사람들이 본질적으로 결함이 있는 존재, 즉 우리가 '쓸모없는 사람'이라는 신념을 대체로 공유하는 사회에서 성장했을 가능성이 크다는 사실을 보여 주는 것이다. 어쩌면 이런 신념은 생득권이기도 하다. 왜냐하면 그것이 우리 선조의 '죄'에 근거하고 있기 때문이다.

나에게 친절히 대하는 기술

잠시 물러나서 보면 이런 생각이 얼마나 터무니없는 것인지 알 수 있다. 흔히 이런 생각이 우리의 마음에 뿌리 깊이 스며들어 있어서 평생 동안 끊임없이 일어나게 되는데, 부정적인 자기 대화와 판단, 신념의 근원을 찾기 위해 탐구하기 수행을 하는 이유가 바로 이 때문이다.

장을 마무리 지으면서 나는 이 수행을 약에 비유하고 싶다. 부정적인 자기 대화는 심각한 질병(즉 편안함이나 평정의 반대말인 불편함)의 증상이다. 판단과 신념은 실제로 우리를 아프게 만든다. 탐구하기 과정을 통해 우리는 자신의 증상을 들여다보고, 근원적인 질병을 치유하는 데 집중할 수 있다. 이 장의 마지막에 실린 연습은 바로 이런 일을 하는 데 도움이 된다.

연습

당신의 일기에서 적어도 5~10개의 중요한 삶의 경험을 집어내 보라. 그것은 당신의 자아상에 실제로 영향을 미친 사건이나 관계, 상황일 것이다. 중요한 경험이란 마음속에서 당신이 좋은 사람에서 나쁜 사람으로, 동정심 있는 사람에서 이기적인 사람으로, 매력적인 사람에서 비호감 덩어리로 바뀐 순간들이다. 그 경험에 이름을 붙이고, 그 사건을 경험했을 때 당신이 들은 자기 대화와 판단을 덧붙여 보라. 이런 경험과 직접 관련되는 어떤 자기 대화를 하는 것을 들었는가?

예를 들어 이런 순간들은 '이혼을 했을 때'라든가, '사랑하는 이를 여의었을 때'라든가, '내가 바람을 피웠을 때'일 것이다. 아마 이혼으로 괴로움을 겪고 있을 때 감정이 격해져서 매정하거나 이기적인 말이나 행동을 했을 것이다. 어쩌면 부부가 어려움을 겪고 있을 때 일부일처제를 위반했으며 이런 실수를 저지른 것에 죄책감과 수치심을 경험했을 것이다. 아니면 어머니의 임종을 지키면서 너무 좌절하고 화가 났는데, 이제 생각해 보니 그것이 어머니에게 남긴 마지막 인상이었을 거라는 생각이 들 수도 있다. 가능한 몇 가지 부정적인 자기 대화를 예로 들었지만, 늘 그렇듯이 당신의 경험 중에 감명 깊은 것과 진실한 것을 적어야 한다.

이혼 과정에서 나는 전 남편에게 매정하고 이기적이었다. 이 사건에 대한 나의 자기 대화는 이런 것이다. '난 정말 나쁜 여자였어! 다시는 아무도 널 사랑하지 않을 거야! 넌 루저야.'

어머니의 임종을 지키면서 너무 좌절해서 어머니에게 화를 냈다. 이 사건에 대한 나의 자기 대화는 이런 것이다. '난 정말 배은망덕한 딸이야! 어머니의 사랑을 받을 자격이 없어.'

우리 부부가 어려움을 겪고 있을 때 나는 바람을 피웠다. 이 사건에 대한 나의 자기 대화는 이런 것이다. '난 믿을 수 없는 놈이고 사랑 받을 가치도 없어! 아내를 배신했으니 이제 사랑과 신뢰를 받을 자격이 없지.'

트라우마가 있는 어린 시절 때문에 나는 사람을 잘 믿지 못한다. '내가 어렸을 때 아버지/어머니가 나를 버렸지. 그래서 나는 사람 사귀는 게 쉽지 않아. 지금 내가 독신으로 지내는 이유도 그 때문이야.'

다음에 다루게 될 질문하기 수행과 내려놓기 수행에서 이 문제를 더 살펴보겠지만, 우선은 다시 한 번 자기 자신에게 연민을 품으라고 당부하고 싶다. 곧 알게 되겠지만, 우리가 자신에 대해 내리는 판단은 대부분 사실이 아니다.

자신에게 영향을 미친 요인 탐구하기

먼저 귀 기울이기 수행을 하면서 만든 부정적인 자기 대화의 목록을 살펴보라. (그것이 쓸모가 있을 거라고 말한 바 있다!)

이번에는 목록에 적힌 각각의 항목을 뒷받침하는 판단과 신념을 탐구해 보자. 그러면서 어떤 요인이 판단과 신념에 영향을 미치는지에 주목하라. 일기에서 부정적인 자기 대화를 하는 문장을 찾아 다시 써 보고, 그 기저에 있는 판단과 신념을 적어 보라. 예를 들면 다음과 같다.

- 부정적인 자기 대화 : 나는 그/그녀만큼 매력적이지 않아.
- 판단 : 나는 몸매가 별로야.

- 신념 : 내 몸은 TV와 영화에서 보이는, 미인에 대한 사회적 기준에 맞지 않아. 그러니까 나는 결코 그 사람들처럼 행복하고 만족스럽고 성공적인 삶을 살 수 없을 거야.

요점

판단은 그 자체로 사실이 아니다. 판단은 단지 다른 요인의 영향을 받은 인식이다.

판단을 하려 들지 말고, 판단의 근원과 그 이면에 숨어 있는 신념을 알아차려라.

스스로 부정적인 자기 대화와 판단을 하고 있는 것을 알아차리거든, 판단과 그 기저에 있는 신념이 어디서 비롯되는지 알아차릴 수 있는지 살펴보라. 부정적인 자기 대화와 판단에 영향을 미치는 세 가지 요인은 과거의 경험, 사회적 영향, 결핍일 것이다.

6장

질문하기 수행

질문하기 수행을 시작하기 전에 지금까지 공부한 것을 잠시 복습해 보자. 부정적인 자기 대화는 '진실하지도, 유익하지도, 친절하지도 않은 방식으로 자신과 소통하는 행위'로 정의된다는 점을 살펴보며 여정을 시작했다. 또한 부정적인 자기 대화가 공공연하게 혹은 미묘하게 나타나는 경우를 살펴보았으며, 이 부정적인 독백이 그에 걸맞은 부정적인 판단으로 이어진다는 사실을 설명했다. 그 다음에는 주의 깊게 귀 기울이기 수행을 배웠으며, 부정적인 지껄임이 일어날 때마다 매 순간 알아차리는 데 이 수행이 도움이 된다는 사실을 알게 되었다. 다음으로 우리는 마음의 탐구자가 되어 우선 부정적인 자기 대화를 불러일으킨 신념과 판단을 자세히 들여다보았다.

여기서 우리는 부정적인 자기 대화가 일어날 때 특정한 질문들을 이용하는 법을 배울 것이기 때문에, 질문하기 수행은 탐구하기 수행과 어느 정도 상승 작용을 한다. 대체로 부정적인 자기 대화와 판단, 신념의 근원을 탐구하는 행위는 우리가 추구하는 충분한 위안을 주지 않기 때문에 질문하기 수행은 도움이 된다. 이 수행의 목적은 더 깊이 들어가는 것인데, 여기서 우리가 하게 될 질문은 부정적인 자기 대화의 기저에 있는 특정한 판단을 알아차리고, 이런 판단의 결과로서 우리가 자신에게 하고 있는 이야기를 정확히 찾아내, 마지막으로 우리에게 진실인 것에만 집중하는 데 도움이 되게 만들어진 것이다. 다음에 소개하는 유명한 불교 우화는 질문하기 수행을 하는 이유에 대해 더 깊은 통찰을 제공할 것이다.

한 남자와 그의 친구들이 시골길을 걷고 있었는데, 갑자기 남자가 배에 화살을 맞았다. 친구들이 그의 곁에 몰려와서 상처가 심상치 않은 것을 보고 남자를 의사에게 데려가려고 채비를 했다. (이 이야기는 가장 유명한 불교의 교훈적인 이야기 중 하나인 독화살 우화를 개작한 것이다.)

"멈추게!" 남자가 말했다.

"화살을 쏜 녀석이 누구인지 밝히기 전에는 이 화살을 뽑아서는 안 되네. 이름이 뭔가? 어디 사는 사람이며 성은 무엇인가? 이 화살에 대해서도 더 알아봐야겠어. 참나무로 만든 건지, 단풍나무로 만든 건지, 화살촉에 독이 발린 건지, 그렇다면 무슨 독인지."

남자가 이 질문들의 답을 알기도 전에 상처로 인해 죽을 것이라는 것을 친구들은 곧 깨달았다.

이 이야기는 다양한 수준에서 이해될 수 있지만, 여기서는 우리의 목적을 위해 한 가지 심오한 진실, 즉 인간은 이야기를 만드는 존재라는 사실에 초점을 맞추려고 한다. 자신이 목격한 사건에 대해 이야기를 하려는 욕구는 마음의 가장 확고한 습관 중 하나다. 우리는 사실을 있는 그대로 보고 처리하기보다는 자신이 인식한 상황에 대해 복잡한 이야기를 만들려는 성향이 있다. 화살을 맞은 남자와 마찬가지로 우리는 종종 그렇게 해서 자기에게 손해를 입힌다. 다시 말해서 우리는 사실에 집중하여 고통을 덜기(화살을 빼는 것)보다 그 사건의 이야기에 빠져들기도 한다.

예를 들어 나는 이 책의 앞부분에서 어느 날 저녁 퇴근 후에 식당에서 직장 상사를 만난 내담자 이야기를 했다. 사장은 손을 흔들어 답례를 하지 않았고, 그녀는 그것이 무엇을 의미하는 것일지에 대해 완전히 소설을 지어내기 시작했다.

사장은 그녀를 좋아하지 않으며, 그녀는 나쁜 직원이고, 사장이 그녀를 해고할 것 같다는 등. 그녀가 만들어 낸 이 이야기는 사실과 아무런 관련이 없었다. 하지만 그녀가 마침내 어렵사리 사장에게 말을 걸어 단지 그가 자기를 보지 못했을 뿐이라는 진실을 밝혀지기까지 며칠 동안이나 괴로워했다. 그녀가 지어낸 이야기는 완전히 틀린 것이었지만, 그녀는 믿어 의심치 않았기에 고통은 갈수록 심해졌다.

이런 일은 대부분의 사람에게 일어난다. 일단 부정적인 자기 대화와 판단을 하기 시작하면, 마음은 부정적인 사고의 쳇바퀴를 돌리기 시작한다. 마음은 계속해서 우리를 붙들어 매는 더 많은 이야기를 지어내 고통을 늘릴 뿐이다.

질문하기 수행을 할 때 우리의 목표는 자기 대화를 하는 온갖 가공의 이야기에서 풀려나, 눈앞의 현실을 마주하는 것이다. 우리가 부정적인 자기 대화를 할 때 그것은 종종 우리가 만들어 낸 진실하지 않은 이야기이며, 거짓 이야기를 믿는다면 고통이 더해질 뿐이다.

질문하는 것에 관해 말하자면, 화살을 맞은 남자와 마찬가지로 많은 사람들이 잘못된 질문을 한다. 사회가 우리에게 어떤 식으로 질문을 하도록 가르치는지를 살펴보면 이상할 것도 없다. 예를 들어 나는 여학교에 다녔는데, 거기서 에티켓 강좌를 들었다. 학교에서 나는 빈 설탕 봉지를 꼬아서 나비넥타이처럼 보이게 만드는 법과 어느 포크를 언제 사용하는지 같은 테이블 매너와 정중한 대화를 나누는 법 등을 배웠다.

이 강좌에서 나는 대화를 잘 나누는 중요한 기법은 다른 사람의 호의를 끌기 위해 질문을 하는 것이라는 설명을 들었다. 가령 "직업이 무엇입니까?" "취미나 관심사는 무엇인가요?" "오늘 기분이 어때요?"라는 식이다. 우리는 남들을 더 잘 알기 위해 이런 질문을 하도록 권유받지만, 대체로 자기 자신에게 질문을 하라고 배우지는 않는다.

우리가 자신의 신념과 판단, 그 결과로 초래된 부정적인 자기 대화에 대해 제대로 질문을 하는 것은 중요하다. 그렇게 하지 않으면 부정적인 자기 대화가 의미하는 생각과 의견이 알아차리지 못하는 사이에 슬그머니 사실로 받아들여질 수 있기 때문이다. 물론 자기 자신에게 질문을 하는 이들도 있다. 나의 경우에는 스스로에게 언제나 두 가지 질문을 했다.

"항상 똑같은 나쁜 상황에 처하는 이유가 뭘까?"

"난 왜 제대로 하지 못하는 걸까?"

물론 이런 질문에는 위험을 평가하려고 하는 판단과 부정성이 내포되어 있기 때문에 이런 것이 우리가 찾고 있는 질문은 아니다. 우리가 원하는 질문은 우리의 신념과 판단, 부정적인 자기 대화의 타당성을 확인하는 데 도움이 되어야 한다. 마음챙김과 더불어 이런 식의 질문하기는 실제로 고대의 수행이다.

부처와는 지구 반대편에 살았던 그리스의 철학자 소크라테스는 오늘날까지 유명한 명언을 남겼다.

"반성하지 않는 삶은 살 가치가 없다."

그는 학생들이 아이디어의 정당성을 반성하고 결정하는 데 질문하기 수행이 도움이 된다고 가르쳤는데, 이런 질문 기법은 소크라테스식 문답법Socratic method이라고 일컬어졌다. 사고의 오류와 억측을 발견하고 그들이 생각하는 것이 진실인지 아닌지를 규명하기 위해 소크라테스가 사람들에게 질문을 던진 것에 대해 많은 이야기가 있다.

이것은 이 수행을 하는 목표이기도 하다.

〈세 가지 질문〉

언제든지 부정적인 자기 대화를 하는 것을 듣거든 다음 질문들을 던져 보기 바란다.

1. 나는 어떤 판단을 하고 있는가?
2. 이 판단의 결과로서 나 자신에게 무슨 이야기를 하고 있는가?
3. 내가 아는 것이 진실인가?

이 질문법을 효과적으로 사용하는 법을 보여 주기 위해 부정적인 자기 대화의 간단한 예를 살펴보고, 그것을 상황에 적용하는 법을 알아보자.

한 내담자는 SNS에서 친구들이 모임을 위해 고향에 온 것을 보았지만, 아무도 그녀에게는 함께하자고 부르지 않았다. 그래서 그녀는 이와 같은 부정적인 자기 대화를 하게 되었다.

'아무도 나와 어울리고 싶어 하지 않는군. 그들은 정말로 나를 좋아하지 않아···. 그 애들이 나를 따돌리려는 이유가 뭘까? 나에게 뭔가 문제가 있는 게 분명해.'

알다시피 그녀는 왜 자신이 달갑지 않은 사람인지에 대해 마음속으로 온갖 소설을 지어냈으며, 곧 부정적인 자기 대화라는 회오리바람에 휘말린 것이다. 자신의 부정적인 자기 대화를 알아차렸을 때, 그녀는 자기가 하고 있는 말에 귀를 기울이고, 판단과 그 이면에 있는 이야기에 대해 자기 자신에게 질문을 함으로써 해결하는 과정을 시작했다.

질문 1. 나는 어떤 판단을 하고 있는가?

지금쯤 당신은 부정적인 자기 대화를 할 때마다 항상 그 이면에 그에 걸맞은 판단이 있다는 사실을 알 것이다. 첫 단계는 그 판단을 알아차리고, 따라서 그 판단을 좀 더 섬세하게 반성하는 것이다.

　첫 번째 질문 '나는 어떤 판단을 하고 있는가?'에 대하여 나의 내담자는 친구들이 자기를 모임에 초대하지 않았다는 것이 그들이 자기를 좋아하지 않음을 의미한다고 판단했다고 적었다. 이런 이유로 그녀는 자기 자신을 쓸모없고 달갑지 않은 사람으로 판단했다.

질문 2. 이 판단의 결과로서
나 자신에게 무슨 이야기를 하고 있는가?

두 번째 질문은 이야기를 만드는 우리의 습성을 인지하는 것이다. 결국 고통을 가져오는 것은 지금 일어나고 있는 일이 아니며, 우리가 줄곧 고통과 드라마에 빠져들게 되는 것은 지금 일어나고 있는 일에 대해 부정적인 자기 대화를 하기 때문이라는 것이다. 여러 상황이 벌어지지만 대체로 '문제'를 만드는 것은 판단과 자기 대화이다. 판단과 부정적인 자기 대화의 결과로서 우리의 마음은 온갖 부정적인 이야기를 지어내는 것이다. 판단과 부정적인 자기 대화는 우리의 마음속에서 일어날 뿐이기에 당연히 상상이다.

이 경우에 그녀는 친구 모임에 초대받지 못했기 때문에 자기가 친구들에게 쓸모없고 달갑지 않은 사람이라는 판단을 뒷받침하는 이야기를 지어냈다. 친구들은 전부 이 모임에 모여서 웃으면서 즐거운 시간을 보내고 있는데, 자기 혼자 집에 틀어박혀 있는 모습이 눈앞에 그려졌다. 친구들은 명랑한 축제 분위기인데, 자기는 혼자 조용한 방에 앉아서 따분하고 울적한 분위기의 장면을 연출하는 마음속의 감각에 주의를 기울였다. 이 모든 일은 그녀의 상상 속에서 빠르게 일어났으며, 마음챙김 수행을 하지 않았더라면 그 사실을 알아차리지도 못했을 것이다. 이것은 그녀가 지어낸 이야기였다.

생각만 해도 우울하게 들리는 이야기지만, 이 이야기가 전적으로 상상의 산물이라는 것은 쉽게 알 수 있다. 그럴 듯하지만 전혀 진실하지 않은 이야기를 우리에게 들려주는 마음의 힘을 보여 주는 훌륭한 예다. 이런 이야기를 믿으면 괴로울 뿐이다.

이 질문은 또한 탐구하기 수행에서 들추어낸 과거 경험을 되돌아보면서, 바로 그 가상의 이야기를 자기 자신에게 하기로 한 이유를 깨달을 좋은 기회다.

내담자의 경우에 자기 자신에게 이 질문을 했을 때 즉시 고등학교 시절에 다른 학생들 무리에 끼어들려고 했다가 그들에게 놀림을 받은 경험을 기억해 냈다. 그녀는 어린 나이에 몹시 난처한 상황을 경험했으며, 결국 전학까지 해야 했다.

15년이나 지난 일이지만 이 나쁜 경험으로 인해 그녀는 지나치게 소심해졌고, 그날 이후에 몇 차례나 '아무도 나와 어울리고 싶어 하지 않아.'라는 판단을 할 때면 당시의 일을 떠올렸다. 이렇게 하여 그녀는 현재의 이야기에 대한 그럴싸한 명분을 찾을 수 있었다.

주의 : 때때로 우리는 특정한 자기 대화를 하는 이유를 콕 집어 탐구할 수 없다. 다행스러운 부분은 자기 대화의 근원이나 이유를 아는 것이 우리를 자기 대화에서 벗어나게 하는 데 꼭 필요치는 않다는 사실이다. 이 점은 아무리 강조해도 지나치지 않다. 우리의 이야기가 어디서 비롯된 것인지를 아는 것이 물론

도움이 되겠지만, 안다 하더라도 때로는 곧바로 이해되지 않을 것이다. 이 때문에 우리는 다음 단계로 나아가 지금 이 순간 자신에게 무엇이 진실인지 알아차리지 못할 수 있다.

질문 3. 내가 아는 것이 진실인가?

불교에 대해 내가 좋아하는 또 한 가지는 지금 이 순간에 초점을 맞춘다는 것이다. 지금 이 순간은 마음의 이야기가 힘을 잃는 지점이며, 바로 이 세 번째 질문의 요지다. 이 질문은 지금 이 순간, 유일하게 우리가 아는 상태로 우리를 데려간다.

부정적인 자기 대화와 자기 판단을 위해 그러모은 '증거'를 직시하면서 오롯이 진실만으로 그 증거를 마주할 때, 수북이 쌓인 자책의 흔적이 눈 녹듯 사라지는 것을 발견할 것이다.

이 내담자의 경우에 일어난 유일한 일은 그녀의 친구들이 자기를 모임에 초대하지 않았던 것뿐이며, 그녀가 알고 있는 진실은 그게 전부다. 나머지는 모두 판단과 그 판단을 뒷받침하는 자기 대화다. 그녀는 부정적인 자기 대화를 부추길 만한 슬프고 우울한 이야기를 지어냈으며, 그 이야기는 전부 상상이다.

유일한 진실은 자기가 이 모임에 초대받지 않았다는 사실이며, 그게 전부라는 사실을 그녀는 깨달았다. 나머지는 전부 그 상황에 대한 그녀의 해석이었으며, 그것은 과거의 경험에 의해 암울한 색채를 띠게 되었을 것이다. 그녀는 그 상황을 자기가 쓸모없고 달갑지 않은 사람임을 의미한다고 해석했지만, 이 해석은 실제로 그녀의 선입견에 근거하고 있으며 이 상황과 아무런 관련이 없었다. 자기가 만들어 낸 견해를 덧붙이거나 윤색하는 대신 직접적인 경험에 초점을 맞춤으로써 그녀는 이 이야기로 자기 대화를 하는 것을 그만둘 수 있었고, 결과적으로 고통을 멈출 수 있었다.

이 질문은 상황에 대한 우리의 의견을 내려놓고 사실에 집중하게 한다. 이 질문은 또한 우리가 스토리의 사이클에 휘말리거나 거기에 빠지기보다는 현실을 직시하게 하는 데 도움이 된다. 부정적인 자기 대화가 진실에 기초하지 않은 것이라는 사실을 알아차리는 순간 우리는 마치 줄 끊어진 풍선처럼 그것을 놓아 버릴 수 있다.

때로 이런 질문을 할 때 최초의 반응은 온갖 핑계를 대며 부정적인 자기 대화가 진실하다고 정당화하는 것일 수 있다. 사람들이 정말로 당신을 좋아하지 않는다거나, 그들이 당신을 초대하지 않는 이유도 그 때문이라거나, 이틀이나 운동을 빼먹은 것은 게으르기 때문이라고 자신에게 말하는 것을 들을 수도 있을 것이다. 혹은 신용카드 대금을 지불하는 것을 까먹었으니 무책임하다거나, 지난번에 아이에게 화를 냈으니 끔찍한 부모라고 말할 수도 있다.

너무 쉽사리 이와 같은 대답에 이르게 되는 것은 그런 대답이 부정적인 자기 대화를 '증명'하고 이런 판단을 뒷받침하기 때문이다. 자기 자신에게 연민을 가지고 이런 질문들을 더 깊이 살펴봐야 하는 것도 이 때문이다. 이런 과정은 연습이 필요하기 때문에 수행이라고 일컫는 것이다. 마주하고 있는 지금 이 순간의 본성을 있는 그대로 알아차릴 수 있다면 더 이상 고통을 만들어 내는 이야기에 빠져들지 않게 된다.

이런 질문을 곰곰이 생각해 볼 때, 우리는 과거의 경험과 사회적 영향, 결핍에 대한 사고에서 풀려날 수 있게 된다. 이제 우리는 자신의 진정한 본성은 물론이고 상황 그 자체를 드러내는 새로운 시각으로 보게 된다. 가장 중요한 것은 기분도 한결 좋아진다는 것이다. 더 이상 공연히 상상력을 발휘해 스스로를 괴롭히지 않게 되기 때문이다.

이 수행을 처음 시작할 때 그저 생각만 하기보다 일일이 질문과 답을 적어 볼 것을 강력히 권장한다. 앞에 놓인 종이나 화면에 쓴다는 것에는 무언가가 있어서, 다른 방식으로 이해하고 기억하고 처리할 수 있게 한다. 머릿속으로만 생각할 때는 질문에 대한 자신의 대답을 잊어버리거나 주의가 산만해져서 궤도에서 벗어나기 쉽다.

자신의 판단에 대해 효과적인 질문을 하고 자기 대화를 알아차리게 되면, 다음 단계는 부정적인 자기 대화와 그 기저에 있는 판단을 내려놓는 것이다. 균형 잡힌 자기소통 방식을 찾아 나아가는 데 있어서 이 단계는 매우 중요하다. 더 이상 유익하지 않은 낡은 생각과 신념, 판단을 내려놓는 데 도움이 되기 때문이다.

대체로 질문하기 수행에서 세 가지 질문에 대답한 후에 즉시 기분이 좋아지는 것을 알 수 있을 것이다. 이야기와 판단, 부정적인 자기 대화에 마음을 쏟는 대신 사실에만 집중할 때, 마지막 질문 '내가 아는 것이 진실인가?'는 실제로 내려놓는 과정의 시작이기에 이 수행은 더할 나위 없이 훌륭하다.

연습

자신의 부정적인 자기 대화를 탐구하라

앞의 연습을 하는 동안 줄곧 당신을 따라다니는—앞의 수행을 할 때 일기에서 찾아낸— 부정적인 자기 대화의 문장을 기억하라. 이제 그 문장들을 가지고 질문하기 수행을 해 보자.

되풀이하는 문장을 골라 한 번에 하나씩 질문하기 수행을 해 보자. 이 수행은 진지한 것이 될 수 있으므로 하나씩 차례로 집중하기 바란다. 다음은 '매우 흔한' 부정적인 자기 대화 문제를 사용한 몇 가지 예다. '매우 흔한'이라고 말한 것에 주목하라. 설령 다양한 부정적인 자기 대화를 하고 있더라도 당신만 그런 게 아니라는 의미다!

부정적인 자기 대화의 한 예

나는 일을 잘 못한다/나는 직장 동료만큼 일을 잘하지 못한다/나는 내 일을 제대로 할 수 없다/직장 동료는 나를 싫어한다.

사실을 드러내는 질문

1 나는 어떤 판단을 하고 있는가?
2 이 판단의 결과로 나 자신에게 무슨 이야기를 하고 있는가?
3 내가 아는 것이 진실인가?

보너스 질문

4 이 이야기는 어디서 비롯된 것인가?

대답

1 나는 나 자신이 가난하다/성공하지 못했다/실패했다/어딘지 부족하다고 판단한다.

2 다른 사람들은 내게 '부족한' 뭔가를 가지고 있다고 상상한다. 은행 계좌에 돈이 있고, 자기가 좋아하는 일을 하고 있는 그들은 행복하다고 생각한다. 그리고 스스로 소외감을 느낀다. 나는 집을 잃게 될까 봐 아니면 원하는 집이나 차를 가지지 못할까 봐 혹은 승진을 하지 못할까 봐 두렵다.

3 오늘은 은행에 충분한 돈이 있다. 나는 일을 잘한다. 직장 동료와 경쟁하지 않는다.

4 결핍에 대한 신념과 '최고'가 되어야 한다는 신념을 나는 더 많은 돈이나 기타 등등을 가지는 것과 같다고 생각한다.

또 한 가지 사례가 있다.

부정적인 자기 대화

나는 결코 연인을 만나지 못할 거야. 난 애교가 없어.

사실을 드러내는 질문

1 나는 어떤 판단을 하고 있는가?

2 이 판단의 결과로 나 자신에게 무슨 이야기를 하고 있는가?

3 내가 아는 것이 진실인가?

보너스 질문

4 이 이야기는 어디서 비롯된 것인가?

대답

1 나는 독신이기에 스스로 애교가 없다고 판단하며, 언제나 이 모양으로 살아갈 거라고 생각한다.

2 내 친구들은 애인이 있고 행복해 보인다. 친구들은 행복하고 나 자신은 혼자 늙어 가는 모습을 상상한다.

3 나는 지금 당장 애인이 없고, 그게 전부다. 나는 나 자신과 사귄다.

4 사회적 영향: 내 삶이 행복해지려면 다른 누군가가 필요하다고 생각한다.

4 과거의 경험: 애인이 있고 행복했던 때를 기억한다. 물론 좋은 추억에만 집중하며, 복잡한 일이나 괴로운 순간은 기억하지 않는다.

또 한 가지 예가 있다.

부정적인 자기 대화

- 나는 뚱뚱하다. 나는 끔찍해 보인다. 나는 내 몸을 싫어한다.

사실을 드러내는 질문

1 나는 어떤 판단을 하고 있는가?

2 이 판단의 결과로 나 자신에게 무슨 이야기를 하고 있는가?

3 내가 아는 것이 진실인가?

보너스 질문

4 이 이야기는 어디서 비롯된 것인가?

대답

1 내 몸을 보고 스스로 뚱뚱하고 못생겼다고 판단한다. 그래서 나는 화가 난다.

2 나는 뚱뚱하고 못생겼다. 아무도 나와 사귀고 싶어 하지 않는다. 나와 어울리는 모습을 남이 보면 사람들은 창피해할 것이다. 나 자신도 내가 창피하다.

3 내 몸이 뚱뚱한 건 맞지만, 나 자신은 뚱뚱한 것 이상으로 훨씬 나은 사람이며, 내 몸 이상으로 훨씬 나은 사람이다.

4 사회적 영향: 건강한 삶보다 다이어트와 운동과 관련된 광고를 보는 것.

4 과거의 경험: 3학년 때 뚱보라고 놀림을 받았으며, 그 후로 나 자신도 그 이야기에 동조해 왔다.

요점

인간은 이야기를 만드는 존재다. 우리가 지어내는 이야기의 타당성에 의문을 가질 때 우리는 이야기에 사로잡히기보다 무엇이 진실인지에 초점을 맞출 수 있게 된다.

스스로 부정적인 자기 대화를 하고 있는 것을 발견하거든 다음 세 가지 질문을 해 보라. '나는 어떤 판단을 하고 있는가? 이 판단의 결과로 나 자신에게 무슨 이야기를 하고 있는가? 내가 아는 것이 진실인가?'

우리가 아는 것이 진실인지에 끊임없이 의문을 가질 때 우리는 온갖 부질없는 이야기에서 벗어날 수 있다.

7장

내려놓기 수행

두 스님이 만행을 하던 중에 한 마을에 이르렀다. 마침 한 아리따운 처자가 강을 건너려고 가마에서 내리기를 기다리고 있었다. 비가 억수 같이 퍼부어서 깊은 웅덩이가 생겨 있었으므로 비단옷을 망치지 않고는 물을 건널 수가 없었다. 처자는 몹시 난처한 기색으로 서서 애꿎은 하인들을 꾸짖고 있었다. 아가씨의 짐보따리를 들고 있어서 그것을 내려놓을 곳이 없었던 하인들은 그녀가 웅덩이를 건너도록 도울 수가 없었다.

젊은 스님은 그 처자를 흘끗 보고는 말없이 지나쳤다. 노스님이 냉큼 아가씨를 등에 업고는 물 건너편에 내려 주었다. 그 처자는 노스님에게 고맙다는 말도 하지 않았다. 그냥 노스님을 밀치고는 갈 길을 가 버렸다.

나에게 친절히 대하는 기술

젊은 스님과 노스님은 가던 길을 계속 갔다. 한참을 가던 중 젊은 스님이 곰곰이 생각하다가 참지 못하고 노스님에게 따지듯 물었다.

"등에 업힌 그 처자, 이기적이고 무례한 것 아닙니까? 스님께서 처자를 업고 물을 건너게 해 주셨는데 말입니다! 그러고는 인사도 없이 가다니요?"

이에 노스님이 담담하게 대답했다.

"나는 이미 그 처자를 내려놓았는데, 너는 어찌하여 아직도 내려놓지 못하느냐?"

(위의 이 이야기는 Scholastic Press〔2007〕에서 출간된 존 무스 Jon J. Muth의 책 《짧은 명상 이야기 Zen Shorts》에서 발췌한 내용이다.) 대부분의 사람에게 부정적인 자기 대화는 마치 무거운 짐과 같아서 우리는 그 짐을 수년 동안 지고 다닌다. 이 아름다운 이야기와 마찬가지로 부정적인 자기 대화를 내려놓는 수행은 더 이상 지고 싶지 않은 짐을 내려놓는 것에 초점을 맞추고 있다. 부정적인 지껄임의 짐을 내려놓는 순간 얼마나 가벼워질지 상상해 보라. 사실 우리는 그 짐을 너무 오래 지고 있었다.

내려놓기 수행의 목적은 부정적인 자기 대화의 짐을 내려놓고 진실하고 자비로운 말을 함으로써 자신의 가장 친한 친구가 되는 '자아 소통의 중도'에서 큰 한 걸음을 내디디려는 것이다. 이 수행을 통해 우리의 목소리는 한결 긍정적으로 바뀌기 시작할 것이다.

불교에서는 내려놓음의 반대말을 '매달리기' 혹은 '집착'으로 설명한다. 말하자면 석가모니부처가 고통을 초래하는 수단이라고 인식한 마음 상태다. 부정적인 자기 대화를 내려놓는 수행을 할 때 우리의 목표는 더 이상 부질없는 일에 매달리거나 집착하려는 습관을 버림으로써 고통을 끝내는 것이다. 그것이 생각이든, 신념이든, 물질적 소유든 간에 무언가에 집착할 때 우리는 불가피하게 고통을 받는다.

많은 사람들이 부정적인 자기 대화를 내려놓기 어려워한다. (그래서 내려놓기 수행이 필요하다.) 그 의미는 우리가 실제로 자기 대화를 붙들고 있다는 것인데, 많은 사람들이 이것을 의외의 일로 받아들인다. 내가 내담자들에게 그들이 고통을 초래하고 있는 부정적인 자기 대화를 내려놓지 않으려고 한다고 말하면, 처음에는 대부분이 수긍하지 않는다. 그들은 대체로 이렇게 말한다.

"왜 그런 걸 붙들고 있겠어요? 원하지도 않는데!"

신념이나 그 기저에 있는 판단의 오류를 알 수 있을 때에도 부정적인 자기 대화를 내려놓지 못하는 한 가지 이유는 바로 이

것이다. 부정적인 자기 대화가 습관이 된 것이다. 많은 습관들과 마찬가지로 우리는 너무 오래 그렇게 해 왔기에, 단지 익숙하기 때문에 아니면 편하기 때문에, 그것이 습관이라는 것을 알고 있기에 계속해서 그렇게 하는 것이다. 내려놓기 수행의 한 측면은 부정적인 자기 대화를 마음의 습관으로 알아차리고, 그것을 변화시키려는 의식적인 결정을 하는 것이다.

부정적인 자기 대화에 매달리는 두 번째 이유는 우리가 부정적인 자기 대화를 중심으로 자신의 정체성을 형성해 왔다는 것이다. 말하자면 시간이 지나면서 우리는 자기 자신을 '피해자'나 '가해자', 인간관계나 재정적으로 좋지 않은 사람이나 더 열심히 해야 할 사람, 실패한 사람 등으로 보게 되었다. 그 결과 우리는 부정적인 자기 대화를 통해 스스로 만들어 놓은 이런 정체성을 강화할 뿐이다. 수년간 부정적인 자기 대화로 괴로워하던 한 내담자는 이런 말을 했다.

"자책을 멈추자 나 자신이 누군지 모르게 되었어요."

따라서 부정적인 자기 대화를 내려놓는 수행은 우리의 습관과 정체성을 기꺼이 포기하는 것으로 시작한다. 다행스러운 것은 부정적인 자기 대화를 습관과 정체성으로 알아차리는 것만으로도 이미 내려놓기 수행을 시작한 셈이라는 것이다. 단지 알아차리는 것만으로도 자기 대화에서 풀려나는 데 도움이 되기 때문이다. 내가 자기 이해를 좋아하는 것도 바로 이런 이유에서다. 말하자면 우리가 자신의 어두운 면에서 조금이라도 밝은 면을 끄집어내려고 할 때 작으나마 즉각적인 변화가 시작된다.

물론 아는 것만으로는 충분하지 않으며, 그 지식을 행동과 결합하여 유익한 결실을 맺기를 바랄 것이다. 우리를 지배하는 습관을 버리거나 줄이려면 대체로 끈기와 반복이 필요하다. 부정적인 자기 대화는 습관이라는 사실을 상기하면서 내려놓는 말을 하는 것은 자책을 하는 미묘한 방식의 자기 대화에 특히 효과적이다(샤워를 하러 들어가서 비누 사는 것을 잊어버린 사실을 깨닫고 자기 자신을 비난하는 일 등). 예를 들어 다음번에 사소하거나 미묘한 일로 자신을 비난하는 것을 알아차리거든 이런 말을 하기 바란다.

"이 부정적인 자기 대화는 습관이야. 거기에서 나 자신이 풀려나기를."

이런 대수롭지 않은 방법이 놀랄 만큼 효과가 있으며, 이 장의 마지막에 연습을 실었다. 나날의 삶에서 적용하는 데 도움이 되었으면 한다.

내려놓기 수행의 다음 국면은 우리가 부정적인 자기 대화를 위한 무기로 사용하는 더 큰 문제에 초점을 맞춘다. 부정적인 자기 대화는 우리가 내려놓지 못하는 이야기이며, 많은 경우에 우리의 정체성의 일부가 된 이야기이기도 하다. 그 이야기들은 대체로 우리의 과거에서 가져온 더 심각한 문제나 후회스러운 일, 우리에게 엄청난 번민을 가져온 경험들에 관한 것이다. 내려놓기 수행에서 이 부분의 목적은 특히 오래 지속되어 온 이야기와 판단이 우리를 부질없는 지껄임에 빠져들어 벗어날 수 없게 만드는 어떤 분야에 특히 유용하다.

용서의 힘

'자아 소통의 중도'를 찾아 나아갈 때의 목표는 가장 신랄한 혹평가가 아니라 '친한 친구처럼 자기 자신에게 말하는 법을 가르치는 것'이다. 이런 식으로 우리는 자기 자신과의 관계를 개선하게 된다. 관계 개선에 있어서 친구에게 해 줄 수 있는 가장 중요한 일은 용서하는 것이다. 우리 자신의 가장 친한 친구가 되는 여정에서도 마찬가지다. 과거에 자신이 한 행동과 말 그리고 우리가 스스로를 대하는 태도에 대해 자기 자신을 용서할 수 있다면 부정적인 자기 대화를 내려놓는 것도 훨씬 쉬워진다. 자기 용서는 후회와 관련된 부정적인 자기 대화를 다룰 때 특히 도움이 된다.

많은 사람에게 용서는 특히 자기 용서는 버거운 일일 수 있다. 흔히 자기 용서에 대해 다소 저항감을 느끼는 것은 우리 자신이 용서받을 자격이 없다고 생각하거나 자신을 용서하는 일을 해 본 적이 없다는 생각이 들기 때문이다.

이런 이유로 연민을 가지고 자신을 대하는 것이 중요하다. 만약 자기 자신이 아니라 친구에게 부정적으로 말했다면 그들의 용서를 구하지 않았을까?

이따금 상처가 되는 말을 하는 친한 친구들과 마찬가지로, 우리 스스로도 자신에게 상처가 되는 말을 할 수 있다는 사실을 이해해야 한다. 많은 사람들이 친구가 실망하거나 스트레스를 받을 때는 그를 이해하지만, 자기 자신에게는 똑같은 동정심과 친절을 베풀지 않는다.

실제로 친구가 다소 상처를 입히는 말을 하더라도 그것이 감정이 격해져서 한 말이라는 것을 알기에 결국 마음이 진정되면 그들을 용서한다. 이것이 바로 우리가 자아 소통과 자기 자신과의 관계에서 얻고자 하는 바다. 실제로 가장 친한 친구에게 하는 것과 똑같은 연민과 배려를 우리 자신에게도 베풀 수 있게 되기를 바란다.

나의 첫사랑이자 베스트 프렌드였던 이가 뜻밖에 세상을 떠났을 때 나는 나 자신을 용서하는 것이 중요하다는 사실을 깨달았다. 그가 죽은 후에 나는 일에 몰두하면서 고통을 이겨낼 방법을 찾으려고 했다. 이런 통렬한 상실의 슬픔을 다루는 데 도움이 되는 많은 것을 공부하는 동안, 바로 여기서 나는 더 심오한 자아 발견의 여정을 시작했다.

처음에는 나 자신에 대해 공부를 할수록 나의 부정적인 자기 대화에 영향을 미쳤을 부모님과 사회, 선생님들, 친구들 그리고 모두에게 화가 났다.

"중학교 2학년 때 제니가 수학을 못한다고 나를 놀리지 않았더라면 나도 제법 똑똑한 아이라고 생각했을 텐데. 부모님이 검소해야 한다고 주입시키지 않았더라면 죄책감 없이 날 위해 소비하는 것도 괜찮았을 텐데."

물론 이처럼 '남 탓을 하는' 사고는 많은 사람들이 내면을 들여다보기 시작할 때 일반적으로 나타나는 반응이며, 애꿎은 비난이다. 내가 어떤 사람이며, 무엇을 원하는가에 대해 알아갈수록 나 자신에게도 실망하고 화가 났다. 번번이 다른 사람들의 생각이 나의 지침이 되게 내버려두었다는 사실을 깨달았기 때문이다. 중학교 2학년 때 나를 괴롭게 만든 것은 제니가 아니었으며, (수십 년 동안 내가 제니에게 말을 걸지 않았다는 사실을 누군가가 언급했을 때 나는 그것의 불가능성을 깨달았다.) 나를 비참하게 만든 건 나 자신이었다. 부모님 탓도 아니었으며, 전부 내 탓이었다. 그것은 누군가가 자기 인생의 많은 부분을 피해자의 심리로 지냈으며, 그것이 정체성 형성에 한몫을 했다는 엄청난 개념이다. 따라서 어른이란 자기 자신을 어떻게 대하는가를 포함해서 나 자신의 삶을 100퍼센트 책임져야 한다는 것을 의미한다는 사실을 깨닫고 그 사실을 인정한다는 게 나로서는 쉽지 않았다. 부정적인 자기 대화를 내려놓으려면 그런 자기 대화의 근본 원인인 나 자신을 용서하는 법부터 배워야 했다. 오랜 세월 동안 나는 속 깊은 친구로서 나 자신과 소통하는 일을 게을리해 왔다.

우선 부정적인 자기 대화와 자기 판단을 초래한 과거의 행위를 되돌아보고 나 자신을 용서해야 했다. 이렇게 할 수 있게 되기까지 나는 사실상 부정적인 자기 대화와 자기 판단을 여전히 붙들고 있었으며, 이 기억들을 마치 곤봉처럼 사용하곤 했다. 나는 이따금 그걸 꺼내들고 내 머리를 후려쳤다. 과거에 대한 용서는 단지 부정적인 자기 대화라는 증상만 다루기보다는 나의 상처에서 독을 제거하고 마음속의 불편함을 해소하는 것이다.

결국 나는 다른 사람들과 상황 그 자체도 용서해야 했다. 내 경우에는 내가 다른 사람들을 비난하는 것과 나 자신을 비난하는 것 사이에 상호관계가 있다는 사실을 알게 되었다. 다시 말해서 나는 남을 용서할 수 있는 정도까지만 나 자신을 용서할 수 있었다.

내담자들 중에는 다른 사람들을 용서하는 것이 더 어려운 문제인 사람도 있다. 당신도 그렇다면, 용서는 다른 사람이 아니라 자기 자신을 위한 것이라는 사실을 명심하기 바란다. 용서하기의 목적은 스스로 집착에서 벗어나 내려놓는 것이다. 따라서 다른 사람이 참회를 하는지, 용서를 받을 자격이 있는지, 우리가 그들을 용서하고 있다는 걸 아는지조차 사실 중요하지 않다. 중요한 것은 우리가 부정적인 것을 내려놓고 싶어 한다는 사실이다. 왜냐하면 이런 부정적인 것에 매달릴 때 우리는 결국 판단과 부정적인 자기 대화의 형태로 자신에게 해를 끼치게 되기 때문이다.

지금까지 여러분을 돕기 위해, 내담자들이 부정적인 자기 대화를 내려놓는 수행을 할 때 쓰는 3단계 용서 과정을 간략하게 설명했다. 이쯤에서 우리는 자신이 사용하는 말을 좀 더 긍정적으로 알아차리기 시작할 것이다. 각 단계에는 큰 소리로 말할 수 있는 용서의 문장이 포함되어 있다. 이 용서 과정은 모든 상황에 적용될 수 있지만, 부정적인 자기 대화에서 되풀이되는 주제와 상황에 있어서 특히 유용하다. 모든 단계가 모든 경우에 적용되는 것이 아니기 때문에 이 과정에 익숙해지면 마음대로 바꾸어도 좋다. 이 수행의 목표는 너무 오래 지고 있던 짐을 내려놓는 것이며, 용서가 관건이다.

용서의 3단계와 그에 걸맞은 용서의 말은 다음과 같다.

1. 부정적인 자기 대화와 판단을 한 자기 자신을 용서하라

특정한 상황에서(인간관계나 재정, 신체 이미지 등) 줄곧 부정적인 자기 대화와 자기 판단을 해 온 것을 생각해 보라. 실제로 어떤 내담자는 자기 자신에게 한 말을 종이에 적어 보는 것이 도움이 된다는 사실을 발견했다고 한다.

마음속에 일어나는 온갖 부정적인 자기 대화와 판단에도 아랑곳하지 않고 다음과 같이 큰 소리로 말해 보라.

나 자신을 판단하고 그 결과 온갖 부정적인 자기 대화를 한 나 자신을 용서합니다. 누구나 가끔 유익하지도 정확하지도 않은 말을 하며, 나 자신에게 그런 말을 한 자신을 용서합니다.

나 자신은 물론이고 많은 내담자들은 부정적인 자기 대화가 일어날 때마다 위의 문장을 반복하는 것이 도움이 된다는 사실을 발견했다. 앞서 말했듯이 부정적인 자기 대화는 대개 영원히 떨쳐 버리지는 못하는 것이지만, 일단 '자아 소통의 중도'에 관한 수행을 시작하는 것만으로도 횟수나 기질 면에서 현저히 감소하는 것을 알 수 있다.

2. 그 상황에서 당신이 한 역할에 대해 당신 자신을 용서하라

이제 우선 당신이 이런 판단과 부정적인 자기 대화를 하도록 이끈 특정한 상황을 살펴보라. 당신이 한 일과 하지 않은 일을 생각해 보라. 당신의 행위가 달랐더라면 좋았을 모든 이유를 인정하되, 당신이 그렇게 하지 않았던 것을 받아들여라. 이미 벌어진 일로 자책할 때가 아니라는 점을 명심하라. 지금은 당신이 그 상황에 어떤 책임이 있는지를 이해하고, 상황을 받아들이고 용서할 기회다. 그 상황에서 당신이 한 역할을 명확히 마음에 새기면서 이렇게 말하라.

_____에 대해 그리고 결과적으로 일어난 모든 고통에 대해 나 자신을 용서합니다. 누구나 가끔 고통을 가져오는 일을 하며, 그 당시에 내가 아는 범위에서 최선을 다한 것입니다.

용서를 함으로써 우리는 그 당시에 자신이 할 수 있는 최선을 다했다는 사실을 알게 된다. 마야 안젤루(Maya Angelou,

1928~2014. 미국의 시인이자 소설가, 배우, 인권운동가. 토니 모리슨, 오프라 윈프리 등과 함께 미국에서 가장 영향력 있는 흑인 여성 중 한 명으로 꼽힌다.—옮긴이 주)의 명언에 이런 것이 있다.

"더 잘 알면 더 잘할 수 있다."

정진하는 수행자를 위한 만트라다. 1단계를 수행할 때, 과거의 행동에 대해 후회에 사로잡힐 때마다 이 용서 만트라를 반복해 보라.

3. 다른 사람들과 상황 그 자체를 용서하라

이번에는 당신에게 고통을 가져왔다고 비난할 만한 다른 사람들(혹은 상황 자체)을 생각해 보라. 어떤 사람이 불친절하거나 잔인한 일을 했는가? 당신 자신이 부당한 상황의 피해자라는 사실을 알아차렸는가? 이 점을 염두에 두고 심호흡을 하고 당신이 비난했던 사람이나 그룹, 사건, 상황을 생각하면서 큰 소리로 다음과 같이 말해 보라.

알게 모르게 당신에게 상처 입은 것에 대해 당신을 용서합니다. 나는 이 고통을 너무 오래 지고 있었으니 이제 짐을 내려놓습니다.

첫 두 단계와 마찬가지로 다른 사람들에 대한 용서는 일회성 이벤트에 그치는 것이 아니다. 많은 내담자들이 똑같은 상황 때문에 한 번 이상 이 용서 과정으로 되돌아가야 했다. 이 과정을 통해 더욱 폭넓은 용서를 머리와 가슴이 느끼고 믿게 되는 데는 시간이 좀 걸릴 수도 있다. 특히 어떤 주제로 수년간 자기 자신을 학대해 왔다면 더욱 그렇다.

용서의 말을 한 후에도 도무지 내려놓는 기분을 느끼지 못한다는 내담자들도 있다. 자기가 하는 말이 무슨 의미인지 느끼지 못하기 때문이지만, 그래도 괜찮다. 용서는 흔히 '될 때까지 그런 척하기fake it 'til you make it' 과정이다.

다시 말해서 자기 자신과 다른 사람들로 용서를 확대하기 시작할 때 바로 실감이 나지는 않겠지만, 이 과정을 반복할 때마다 우리는 판단과 부정적인 자기 대화에 매달리는 낡은 습관을 버리게 된다. 그러면 시간이 지나면서 용서가 가져다주는 평화를 느끼게 될 것이다.

용서는 대체로 내려놓기 수행에서 가장 중요한 단계이며, 부정적인 자기 대화라는 피드백 회로의 한계를 넘어 나아가는 데 확실히 도움이 될 수 있다. 용서를 확대하는 것은 우리가 부정적인 자기 대화나 과거에 매달리고 싶지 않다는 사실을 자신에게 알려 주는 명백한 증거기도 하다. 내담자들 중에는 외상적 사건을 겪고 수년간 부정적인 자기 대화에 사로잡힌 경우도 있었다. 용서는 그들을 자유롭게 하는 것이었으니, 이제 내담자들이 놀라울 정도로 편안하게 그 사건을 이야기할 수 있게 된 것만으로도 분명히 알 수 있다. 그들이 더 이상 그 사건의 지배를 받지 않는다는 건 확실하다. 이것이 바로 내가 여러분에게 바라는 바다.

연습

용서의 3단계

이제 구체적으로 용서 과정을 적용해 보자. 우리가 시작하려는 것이 용서의 3단계라는 점을 기억하라. 상황에 따라 이 3단계를 혼합하고 싶을 수도 있다. 용서는 '무한 반복' 과정이기에 필요하다면 주저하지 말고 언제든 이 과정으로 돌아오라. 여기서는 실연의 아픔으로 자신을 사랑 받을 가치가 없는 사람으로 판단하는 예를 사용하겠지만, 용서의 3단계는 온갖 부정적인 자기 대화와 판단을 하는 모든 이들을 위한 과정이다.

판단 : 나는 사랑 받을 가치가 없어.

1. 부정적인 자기 대화와 판단을 용서하라

스스로 관계에서 '실패자'라는 판단으로 줄곧 자기 자신에게 말해 온 것을 생각해 보라(혹은 적어 보라.) 준비가 되었으면 큰 소리로 다음과 같이 말해 보라.
"나 자신을 실패자로 판단한 것과 결과적으로 온갖 부정적인 자기 대화를 한 나 자신을 용서합니다. 우리는 가끔 유익하지도 정확하지도 않은 말을 한다는 것을 이제 알기에 나 자신에게 그런 말을 한 것을 용서합니다."

〈가능한 부정적인 자기 대화〉

- 나는 관계에서 실패자야.
- 나는 정말 애인으로는 최악이야. 아무도 날 사랑하지 않을 거야.
- 나는 너무 이기적이어서 연애를 할 수 없어.

〈내려놓는 말〉

나 자신을 실패자로 판단한 것과 결과적으로 온갖 부정적인 자기 대화를 한 나 자신을 용서합니다. 우리는 가끔 유익하지도 정확하지도 않은 말을 한다는 것을 이제 알기에, 나 자신에게 그런 말을 한 것을 용서합니다.

2. 그 상황에서 당신이 한 역할을 용서하라

이제 당신 자신을 관계에서 '실패자'로 판단하게 만든 특정한 사례로 돌아가 보자. 어쩌면 당신이 바람을 피웠을 수도 있고, 상대방이 힘들 때 곁에 있어 주지 못했을 수도 있다. 이런 사례와 그 상황에서 당신이 한 역할을 염두에 두고 이렇게 말하라.

"이런 상황을 초래한(행위를 한) 나 자신을 용서합니다. 나는 최선을 다했습니다."

다음에는 당신이 스스로 용서를 구하는 행위와 무위에 대해 특정한 말을 포함시키기를 바란다. 위의 예를 사용하여 이렇게 말할 수 있을 것이다.

"바람을 피웠던 나 자신을 용서합니다. 그 당시에는 그게 최선이었습니다." 혹은 "배우자가 힘들 때 곁에 있어 주지 못한 나 자신을 용서합니다. 그 당시에는 그게 최선이었습니다."

마음은 무의식적으로 둘러대려 하지만 변명을 할 필요는 없다. 그저 일어난 상황과 그 상황에서 당신이 한 역할을 받아들여라. 그게 전부다.

〈가능한 역할〉
• 나는 남편을 두고 바람을 피웠다.
• 여자 친구의 어머니가 입원해서 그녀가 나를 필요로 할 때 나는 신체적, 정신적, 정서적으로 그녀의 곁을 지키지 못했다.
• 그녀와의 관계에서 나는 반반씩 기여하지 않았으며, 그녀가 모든 수고를 하게 했다.

〈내려놓는 말〉
• 남편을 두고 바람을 피운 나 자신을 용서합니다. 그 당시에는 그게 최선이었습니다.
• 여자 친구가 나를 필요로 할 때 곁을 지키지 못한 나 자신을 용서합니다. 그 당시에는 그게 최선이었습니다.
• 그녀와의 관계에서 기여하는 바가 없었던 나 자신을 용서합니다. 그 당시에는 그게 최선이었습니다.

3. 다른 사람들과 상황 그 자체를 용서하라

당신이 관계에 '실패'한 데 대해 비난하고 있는 사람이 있는가? 다른 사람이 당신의 기대에 부응하지 못했는가? 심호흡을 하고, 당신이 고심하는 사람이나 그룹, 사건, 상황에 큰 소리로 다음과 같이 말해 보라. "알게 모르게 당신에게서 상처 입은 것에 대해 당신을 용서합니다. 나는 이 고통을 너무 오래 지고 있었으니, 이제 당신을 용서합니다." 이런 말을 마음에 두면서 깊고 고르게 숨을 쉬어라. 큰 소리로 용서의 말을 하는 수행의 효과를 느껴 보라.

〈가능한 다른 사람들〉
• 나는 남편이 일중독자이며 도무지 나에게 신경을 쓰지 않는다고 비난한다.
• 내가 의지할 사람이 필요했을 때 내 곁에 있지 않은 여자 친구를 비난한다.
• 나는 실비아가 통제적이라고 비난한다.

〈내려놓는 말〉
알게 모르게 당신에게서 상처 입은 것에 대해 당신을 용서합니다. 나는 이 고통을 너무 오래 지고 있었으니, 이제 당신을 용서합니다.

4. 내려놓음을 가져오는 암호를 사용하라

내 친구는 그다지 유익하지 않은 말에 휩쓸리는 자신을 알아차릴 때마다 "이건 부정적인 자기 대화군. 이제 그걸 내려놓을 거야."라고 말하기보다 "모기"라고 말한다. 내가 이 방법을 좋아하는 데는 두 가지 이유가 있다. 우선 지구상의 모든 종 가운데 모기란 녀석이 무슨 소용이 있는지 도무지 존재의 이유를 모르겠다는 것이다. 모기가 하는 일이라고는 성가시고 짜증나게 하며 사람들에게 불쾌감을 주고 병을 퍼뜨리는 것뿐이다. 부정적인 자기 대화가 하는 일이 바로 그런 것이 아닌가! 부정적인 자기 대화는 짜증나게 하며 불쾌감을 주고 상당히 위험할 수도 있다. 친구의 '모기' 수행을 좋아하는 두 번째 이유는 우리가 통제 불능 상태에 휩쓸릴 때 닥치는 대로 아무 말이나 해서 부정적인 자기 대화의 습관으로 되돌아가지 않을 수 있기 때문이다.

암호는 우리에게 부정적인 자기 대화를 떨쳐 버리고 알아차림의 경지로 들어갈 기회를 열어 준다. 거기서부터 우리는 귀 기울이기, 탐구하기, 질문하기, 내려놓기 수행의 과정에 발을 들이게 된다.

이런 상황에서 사용할 자기만의 암호를 생각해 보라. 뭐든 괜찮지만 너무 자주 사용하지 않는 단어여야 한다. 만약 당신이 밴드의 일원이라면 '트럼펫'이라는 단어가 좋은 선택이 아니겠지만, 천문학자에게는 좋은 선택이 될 것이다.

일단 암호를 정했으면, 부정적인 자기 대화에 휩쓸리는 것을 알아차릴 때마다 부정적인 자기 대화로 더 깊이 빠져드는 것을 막는 정지 신호로 그 암호를 사용하라.

요점

부정적인 자기 대화는 습관이 될 수 있으며, 심지어 우리 정체성의 일부가 될 수도 있다. 내려놓는다는 것은 습관과 그 습관으로 만들어진 정체성을 알아차리고, 이 습관과 정체성을 기꺼이 버리는 것으로 시작한다. 우리가 붙들고 있는 판단과 부정적인 자기 대화를 내려놓는 일에 있어서 자신과 타인에 대한 용서야말로 차이를 만드는 습관이다.

8장

균형 잡기 수행

불교에서 평정(균형)과 중도의 개념은 불교의 창시자 싯다르타 Siddhartha라는 사람으로 거슬러 올라가 그 뿌리를 추적할 수 있다. 싯다르타는 기원전 6세기에 현재 네팔에 해당하는 나라(인도의 갠지스강 북부 지역, 룸비니)의 왕자로 태어났다. 그는 극도의 사치를 누리며 자랐지만, 20대 후반에 왕자의 신분을 버리고 구도의 길을 걷기 시작했다.

쾌락에 둘러싸여 즐길 수 있는 삶을 포기한 싯다르타는 다른 극단을 추구했으며, 가혹할 정도로 엄격한 금욕주의를 삶의 방식으로 택했다. 그는 삶을 안락하게 하는 모든 것을 버리고 최소한의 음식만으로 버티며 숲에서 고행을 이어 갔다. 오래지 않아 빼어난 용모는 알아볼 수 없게 되었으며, 피골이 상접할 지경으로 몸이 야위었다.

하지만 수년간 혹심한 고행을 한 후에도 스스로 만족할 만한 깨달음을 얻을 수는 없었다. 어느 날 그가 정좌를 하고 있을 때, 한 악사가 지나가면서 친구에게 류트(lute, 기타와 비슷한 초기 현악기)의 원리를 설명하고 있었다. 악사는 이렇게 말했다.

"악기의 줄을 너무 느슨하게 풀어놓지 말게. 그러면 음악은 죽어 버린다. 그렇다고 너무 당기지도 말게. 줄이 끊어지게 될 테니. 줄이 너무 느슨하지도 너무 팽팽하지도 않아야 한다. 그래야 아름다운 소리가 날 걸세."

이 단순한 말을 듣고 싯다르타는 단박에 깨달음을 얻었다. 즉 구도의 길에서 그가 얻은 해답은 극단의 쾌락과 극단의 고통 어느 쪽에서도 찾을 수 없었다. 그가 깨달은 것은 그 어디에도 치우침이 없는 중도의 삶을 사는 것이었다. 결과적으로 그는 자초한 오랜 고행을 멈추고 중도의 길Middle Path로 알려진 것, 즉 모든 면에서 균형 잡힌 삶을 살고자 하는 바람을 택했다.

마찬가지로 '자아 소통의 중도'를 찾아갈 때 우리는 자초한 고통을 버리고 부정적인 자기 대화로 자신을 꾸짖는 것을 멈추는 대신에 자아 소통이라는 균형 잡힌 삶을 택할 수 있다.

균형 잡기 수행은 이 책에서 마지막으로 다루게 되는 수행이다. 왜냐하면 여러모로 우리가 추구하는 평정은 다른 모든 수행을 한 결과 얻어질 수 있는 것이기 때문이다. 부정적인 자기 대화에 귀를 기울이고, 자기 대화의 기저에 있는 판단을 탐구하고, 효과적인 질문을 하고, 부정적인 자기 대화와 판단을 내려놓을 때 우리는 이미 균형 잡힌 자아 소통을 향해 나아가고 있는 것이다. 사실 이런 수행들이 일상적인 삶의 일부가 될수록 스스로 부정적인 자기 대화를 덜 경험하는 것을 알게 된다. 또한 부정적인 자기 대화가 떠오를 때, 재빨리 알아차리고 다스릴 수 있게 된다.

게다가 부정적인 자기 대화에 수반하는 부정적인 감정을 발산하지 않으면, 삶의 다른 영역과 마찬가지로 대인관계도 개선될 거라는 사실을 발견하게 될 것이다. 예를 들어 자기 자신에게 실망하지 않는다면 애꿎게 다른 사람들에게 실망하지 않을 것이다. 만약 아침 샤워 중에 비누 사는 걸 까먹은 자신을 꾸짖지 않는다면 더 나은 하루가 될 가능성이 기하급수적으로 높아질 것이다.

동시에 평정에는 단지 문제를 없애는 것 그 이상의 뭔가가 있다. 균형 잡기 수행에서 우리의 목표는 과거의 낡은 소통 습관을 고수하기보다 앞으로 자기 자신에게 어떤 식으로 말하고 싶은지를 생각하는 새로운 습관으로 바꾸는 것이다.

최악의 적 vs. 최고의 친구

우리가 버리고자 하는 첫 번째 습관은 이 책에서 이미 다룬 것이다. 대부분의 사람들은 다른 사람에게는 결코 말하지 않는 방식으로 자기 자신에게 말해 왔다. 이런 식으로 우리는 자신의 친구라기보다는 최악의 적처럼 행동해 왔다. 이 낡은 습관은 확실히 고쳐져야 하며, 지금까지 이 책에서 다룬 많은 부분이 그 목적을 위한 것이다.

이미 알아차렸겠지만, 우리가 자기 자신에게 이런 식으로 말하는 것은 타고난 것이 아니다. 우리는 오랫동안 자기 자신에게 부정적으로 말을 해 온 역사가 있다. 연민을 가지고 자기 자신에게 말하는 것이 처음에는 불편할 수도 있겠지만, 시간이 지나면 그로 인해 마음속에 평정심과 연결감이 생기는 것을 알게 될 것이다. 혹평가가 아닌 친구로서 자기 자신에게 말을 할 때마다 우리는 고통을 만들어 내기보다 고통을 버리기를 선택하고 있기 때문이다.

균형 잡기 수행에서 우리는 한 단계 도약해서 최악의 적이 아니라 친한 친구로서 우리를 지지해 주는 긍정적인 자기 대화를 하는 습관을 들이고자 한다. 가장 좋은 친구에게 할 만한 격려의 말을 잠시 생각해 보기 바란다. 가장 좋은 친구가 우리의 배우자나 직계 가족일 수도 있다는 점을 기억하라. 하루 일과를 시작할 때 그들에게 무슨 말을 해 줄 것인지 생각해 보라. 아마 이런 말을 할 것이다.

사랑해. 행복한 하루가 되길!
신나는 하루 보내!

이번에는 그들이 스트레스를 받거나 실망하거나 당황하는 등 부정적인 감정을 느끼면서 자책하고 있을 때 무슨 말을 해 줄 것인지 생각해 보기 바란다. 여기 몇 가지 예가 있다.

마음 편하게 가져. 잘될 거야.
굉장히 잘하고 있어. 사랑해.

여러분도 얼마든지 다양한 문장을 예로 들 수 있으며, 여기서 내가 무슨 말을 하려는지 알 것이다. 자신의 최악의 적이 아니라, 가장 친한 친구가 되는 것으로 습관을 바꾸는 한 방법은 자기 자신에게 그런 좋은 말을 사용하는 것이다. 매일 아침 부정적인 감정이 들 때마다 그렇게 하는 데는 5분밖에 걸리지 않지만, 그것이 우리의 가치관을 변화시키는 데 많은 도움이 된다.

가령 아침에 집을 나서기 전에 거울을 들여다보라. 자기 눈을 똑바로 보면서 이렇게 말해 보라.

사랑해. 행복한 하루가 되길!

많은 사람들에게 이런 행동이 거북하게 느껴질 수도 있지만, 왜 그런가? 우리는 자기 자신을 사랑하고, 자신의 하루가 행복하기를 바라지 않는가? 많은 사람들이 부정적인 자기 대화를 하면서 반대로 말하는 것에 거리낌이 없는데, 자기 자신에게 좋은 말을 해 주는 게 불편한 이유는 우리가 자기 자신을 가장 좋은 친구로 보는 법을 배우지 못했기 때문이다. 이 수행은 그런 패러다임을 변화시키는 법을 다루고 있다.

나는 아침에 하는 격려의 말에 그날의 특별한 항목을 추가하는 것을 좋아한다. "새 책 출간이 성공하기를 빌어!"라든가 "오늘밤 파티에서 즐거운 시간 보내!"라는 식으로 자기 자신에게 말하는 법을 배우는 것으로 그날의 분위기가 결정된다. 그리고 일단 이런 새로운 습관이 들면, 아침에 그 일을 잊어버리기라도 하면 최고의 팬으로부터 특별한 격려를 받는 것이 그리워질 거라는 사실을 알게 될 것이다. 행여 이런 격려의 말을 잊기라도 하면 마치 절친한 친구를 못 만난 듯이 서운해진다는 것은 바람직한 변화다.

이제 괴로워하는 자기 자신을 발견하거든 짬을 내서 내적 대화를 통해 자신을 달래 주도록 하라. 아침에 하는 격려의 말과 마찬가지로 처음에는 어색하게 여겨질 수도 있지만 실제로 낡은 습관을 유익한 습관으로 바꾸는 데 많은 도움이 된다.

잔이 반쯤 찼는가, 반이나 비었는가

균형 잡기 수행은 습관이 된 부정적인 자기 대화를 당신에게 진실이 아닌 긍정적인 확인으로 바꾼다는 의미가 아니다. 그렇게 하면 단지 다른 극단으로 치닫게 될 뿐이다. 그렇다고 해서 여러 상황에서 긍정적인 태도를 추구하지 말아야 한다는 의미도 아니다. 긍정적으로 보는 것은 우리의 전반적인 행복에 매우 유익하며, 평정을 향한 중요한 단계이기도 하다.

많은 연구 결과 낙관주의는 더 좋은 건강과 재정 상태, 인간관계를 이끄는 것으로 나타났으며, 낙관주의는 고통을 줄이거나 없애려는 욕구와도 같은 맥락이라는 사실이 밝혀졌다.

'잔이 반쯤 차 있다고 보는 타입인지, 아니면 반이나 비었다고 보는 타입인지' 내담자들에게 질문해 보면, 대부분이 자신은 잔이 반쯤 차 있다고 보는 타입이라고 대답한다. 하지만 그들의 신체나 재정 상태, 능력, 인간관계를 어떻게 보는지 구체적으로 물어보면 낙관주의는 놀라울 정도로 움츠러든다. 요컨대 많은 사람들이 낙천적이기를 바라며 스스로를 낙관주의자로 보지만, 자아상이나 자아 소통에 관한 한 이 문제는 현실보다는 신념에 훨씬 더 가깝다. 균형 잡기 수행의 일부는 우리의 사고와 자기 대화에 있어서 낙관주의를 포함하지만, 그것이 우리 자신에게 진실인 범위까지만 그렇다. 예를 들어 일전에 나는 한 친구를 만나 이야기를 나누었는데, 그녀는 아기를 가지는 것이 너무나 두렵다고 하소연했다. 그녀는 이런 말을 했다.

"난 아이를 낳지 않을 거야. 나쁜 엄마가 될까 봐 두려워."

한참 이야기를 나누다 보니, 그 친구는 자신의 불안했던 어린 시절로 인해 좋은 엄마가 되는 법을 모를까 봐 두려움을 품게 되었고, 또 자기 엄마의 실수를 되풀이할까 봐 불안해한다는 사실을 알게 되었다. 그녀는 이런 두려움을 오랫동안 붙들고 있던 것이 분명했다.

모성애에 있어서 그녀는 잔이 반쯤 차 있다고 보기보다는 반이나 비었다고 보는 타입이었다. 더 대화를 나누면서 나는 그녀에게 긍정적인 결과에 대해 가능성을 열어 두고 좀 더 균형 있는 관찰자적 시각을 가질 필요가 있다고 말했다. 아마 그녀의 자아 소통은 이런 것이었을 것이다.

"나는 성장하는 모성애의 훌륭한 본보기를 가지지 못했지만, 최선을 다해 배워서 가능한 한 좋은 엄마가 되어야지."

이런 생각을 하기 시작하자마자 바로 그녀의 분위기에서 긍정적인 변화를 감지할 수 있었다. 나중에 이 친구가 아이를 가졌을 수도 그렇지 않을 수도 있지만, 어떤 결정을 내렸든지 그녀의 결정이 판단과 두려움, 부정적인 자기 대화의 결과는 아니었을 것이다. 마찬가지로 중요한 것은 판단과 부정적인 자기 대화를 하는 낡은 습관을 균형 잡힌 관찰자적 시각과 낙관적인 언어로 바꿈으로써 그녀가 지금은 이 문제와 관련된 고통을 줄일 수 있었다는 점이다.

판단인가, 관찰인가

판단은 모든 부정적인 자기 대화의 근원이기 때문에 낡은 습관을 새로운 것으로 바꾸는 다음 단계에서 곧 이 문제를 다룬다. 마음은 판단하는 습관이 있다는 사실을 인정하고 있기는 하지만, 그 대신에 다른 습관을 들일 수도 있을까? 내 경험에 의하면 대답은 '그렇다.'인데 이것이 바로 내가 '관찰'이라고 일컫는 것이다. 판단에는 흔히 비교와 기대, 가정 같은 것이 담겨 있으며, 이 책의 앞부분에서 다룬 바 있는 일곱 가지 부정적인 표현의 전형적인 유행어나 문구가 들어 있다. 하지만 관찰은 중립성과 사실에 근거하고 있다.

판단과 관찰의 몇 가지 예를 살펴보면, 때로는 부인하고 싶겠지만 판단과 관찰은 실제로 분명히 다르다는 사실을 알 것이다. 다른 사람들에 관한 예를 먼저 보고, 다음으로 우리 자신에 대한 예를 보기로 하자.

예전에 돈은 빌려간 후 갚지 않은 가족이 있다고 상상해 보자. 그들이 다시 돈을 빌려달라고 한다면 나는 그 상황에서 두 가지 방식으로 말할 수 있을 것이다.

- 판단 : 다시 돈을 빌려달라고 하다니 믿을 수가 없네. 지난번에 빌려간 돈도 갚지 않았잖아. 취직을 해서 재정 문제를 해결해야지. 안됐지만 이번에는 거절할 거야.
- 관찰 : 전에 그가 돈을 빌린 적이 있는데 아직 갚지 않았어. 과거의 경험에 근거해서 그에게 다시 돈을 빌려주는 건 현명하지 않은 것 같아. 이번에는 거절할 거야.

한 가지 이야기는 진실하고 유익하고 친절하며, 다른 하나는 옳고 그름, 좋고 나쁨에 대한 관념으로 가득하고 다른 사람이 '어떻게 해야 할지'에 대한 나의 요구 사항을 포함하고 있다. 판단은 고통을 지속시키며, 관찰은 중립적인 입장에서 나온다. 또한 어느 경우에나 결론적으로 취해진 조치(돈을 빌려주지 않은 것)는 같다는 사실에 주목할 필요가 있다.

이제 다른 예를 보자. 이번에는 부정적인 자기 대화가 매우 흔한 분야인 신체 이미지에 적용된다. 거울 앞에 서서 자신의 몸을 보고 있다고 가정해 보자. 방금 연례 건강검진을 하고 돌아왔는데, 의사가 체중에 대해 우려를 제기했다. 체중은 장기적인 건강 문제와 관련이 있기 때문이다.

- 판단 : 난 너무 뚱뚱해! 의사도 그렇게 말했잖아! 아, 쪽팔려! 당장 헬스클럽에 등록하고 바르게 먹어야겠어. 하지만 너무 힘들어서 해낼 수 있을지 모르겠네. 시간 낭비까지 할 필요는 없잖아.
- 관찰 : 의사는 내가 전반적으로 건강하다고 말했지만, 나의 체중에 대해 약간 걱정하고 있다. 그는 내가 운동하고 바르게 먹는다면 5킬로그램 정도는 살이 빠질 것이고, 결과적으로 체력이 좋아지면 나이가 들면서 당뇨병이나 심장병 같은 질병에 대한 면역력이 강해질 거라고 말했다. 식단

을 바꾸고 운동을 더하는 것은 힘이 들지만, 나는 할 수 있다고 생각한다.

이번에도 관찰은 진실하고 유익하고 친절하며, 판단은 그 반대로 부정적인 불협화음을 낸다. 또한 판단의 말이 어떤 식으로 고통을 지속시키며 내가 취하려는 행동에 영향을 미치는지에 주목하라. 관찰과 판단의 차이를 이해하고 부정적인 판단보다는 중립적인 관찰을 반영하는 방식으로 자기 자신에게 말하려고 노력하는 것은 낡은 습관을 새로운 습관으로 바꾸는 여정에서 큰 한 걸음을 내딛는 것이다.

관찰자적 언어와 긍정적인 가치관 기르기

이제 마지막 두 가지를 결합해 보자. 앞부분에서 부정적인 자기 대화의 일곱 가지 흔한 표현을 다루었는데, 이런 표현은 제각기 전형적인 유행어나 문구로 나타난다. 우리는 이런 표현이 항상 판단과 관련되어 있다는 사실을 배웠다. 그러면 이런 표현이 어떤 식으로 관찰을 포함하는 표현으로 바뀔 수 있는지 살펴보자. 이런 부정적인 표현 대신 새로운 언어를 쓰는 것이 균형 잡힌 소통과 일치한다는 사실을 알 것이다. 우리의 목표는 자아 소통을 할 때 균형 잡힌 관찰자적 언어를 선택하고, 어울리는 긍정적인 말을 생각해 보는 새로운 습관을 들이는 것이다.

과민 반응을 차분하고 균형 잡힌 평가로 바꾸어라

앞에서 다이어트를 위해 설탕을 끊으려고 했던 내담자를 언급한 바 있다. 그녀는 핼러윈에 사탕 몇 개를 먹은 후에 '난 완전히 망했어. 이제 다이어트를 해 봐야 소용없어.'라는 식으로 혼잣말을 하면서 과민 반응을 보였다. 이 상황에서 차분하고 균형 잡힌 평가를 한다면 어떤 식이 될까?

'지나고 나서 보니까 사탕을 다 먹어 버린 건 좋은 결정이 아니었어. 하지만 핼러윈이잖아. 지금 바로 원래대로 다이어트를 시작할 수 있으니까 괜찮아.'

과민 반응을 하지 않고 차분하고 균형 잡힌 평가를 하는 습관을 들이면 다른 사람들과의 관계도 크게 개선될 수 있다. 대부분의 사람들은 누군가가 문제를 전혀 유익하지 않은 방식으로 부정적으로 과장하는 상황에 처한 적이 있을 것이다.

- 전환 : 과민 반응에서 균형 잡힌 평가로 전환하기 위해 우리는 진실한 것과 차분한 관찰을 하는 것에 초점을 맞추려고 한다.
- 낡은 습관 : '그건 내가 저지른 최악의 실수였어.' '전부 끔찍해!'
- 새로운 습관 : '그게 최선은 아니었어. 다음번엔 더 잘할 거야.'

개인화를 균형 잡힌 책임으로 바꾸어라

앞에서 나는 10대인 딸이 겪고 있는 모든 문제가 전부 자신의 이혼 때문이며 자신의 잘못이라고 생각하고 있던 한 내담자를 언급한 바 있다. 이 상황에서 책임에 대해 균형 잡힌 인식은 다음과 같을 것이다.

'나의 이혼이 딸아이에게 힘들었을 거라는 거 알아. 가능한 한 그 애를 도와주고 싶지만 그 애가 하는 모든 행동은 자기 몫이니까.'

때로는 어떤 상황에서 우리의 정당한 책임이 무엇인지를 결정하는 것이 어렵지만, 항상 판단하기보다는 관찰하는 느낌을 가져가는 것이 더 도움이 된다. 인간관계에 있어서 우리는 대체로 오래된 습관처럼 부정적인 자기 대화를 하는 것보다는 훨씬 책임이 적을 수 있다는 사실을 알 것이다. 앞에서 언급했듯이 사실 우리가 자신의 선택에 책임이 있는 것과 마찬가지로 다른 사람들도 자기 선택에 책임이 있다.

- 전환 : 관찰자의 입장에 있을 때 우리는 그 상황에서 자신의 역할을 정확히 알아차린다.
- 낡은 습관 : '전부 내 잘못이야.' 혹은 '이건 내 책임이야.'
- 새로운 습관 : '나도 이 상황에 일부 책임이 있어. 나는 최선을 다하고 있고 나 자신의 결정과 행동에 대해서만 책임이 있어.'

절대 언어를 균형 잡힌 상대 언어로 바꾸어라

절대 언어의 문제는 다르게 해석될 여지를 남기지 않는다는 것이다. 만약 당신이 "난 행복하지 않은 사람이야."라고 말한다면, 당신은 잠시라도 행복할 수 없으며 당신의 정체성을 송두리째 상실할 위험을 무릅쓰고 있는 것이다. "난 지금은 행복하지 않아."와 같은 상대 언어로 바꿀 때 우리는 변화할 여지를 남겨 두며, 단호한 결론을 내리지 않는다.

절대 언어를 균형 잡힌 상대 언어로 바꾸는 것은 또한 우리 자신과 우리의 능력에 대해 말하는 일반론에도 적용된다. 예를 들어 '나는 수학을 못한다.'가 '수학은 내가 잘하는 과목이 아니다.'가 된다. 작은 차이지만 이것은 시간이 지나면서 우리의 기분에 영향을 미친다.

- 전환 : 당신은 어떤 한 가지보다 훨씬 더 중요한 존재다. 한 가지 자질만을 자신으로 여기면서 그것만으로 자신의 '자아상'을 규정하기보다, 자신과 자신의 기분에 관찰자적 시각을 지닌다.
- 낡은 습관 : '나는 뚱뚱하다.'
- 새로운 습관 : '나는 뚱뚱하지만, 나의 신체 사이즈가 인간으로서 내가 누구인지를 결정하지는 않는다.'

가정이 아닌, 사실에 초점을 맞추어라

우리의 마음은 가정이란 낡은 습관에 무척 집착하기에 실제로 여기서 우리의 관찰 기법은 시련에 봉착할 수도 있다. 마음의 힘을 느슨하게 만드는 비결은 어떤 상황에서든 사실에 초점을 맞추고, 그 사실과 관련해서 마음이 지어내려는 이야기를 모조리 인식하는 데 있다. 사실 대부분의 경우에 우리는 다른 사람의 행위와 무위의 이면에 숨은 의도를 알지 못할 뿐이다.

선禪불교에는 실제로 '모르는 마음don't-know mind'(혹은 초심자의 마음)이라는 수행이 있는데, 이 수행의 초점은 '무지'에 익숙해지는 것이다. 뭔가를 안다고 생각할 때 우리는 스스로 새로운 것을 배우거나 다른 가능성을 탐구하는 것을 차단한다. 무지를 알아차리는 순간 새롭고 활기차게 마음을 열게 된다. 가정에 관해서라면, 우리는 '모르는 마음'을 받아들임으로써 다른 사람들의 생각이나 행위의 의미나 취지를 짐작하거나 해석하려는 부담을 내려놓을 수 있다.

마지막으로 가정을 하더라도 우리는 긍정적으로 될 수 있다. 많은 사람들이 이미 이렇게 하고 있는데, 이른바 '무죄 추정benefit of the doubt'의 원칙이라는 것이다. 즉 우리가 다른 사람들의 생각이나 감정을 모른다면, 가정을 하더라도 최악의 것보다 최선의 것을 가정하는 편이 낫다는 의미다.

- 전환 : 다른 사람의 감정이나 생각은 알 수 없다. 정말로 아는 것은 자기 앞에 놓인 단순한 사실뿐이다.
- 낡은 습관 : '그들은 나에게 인사를 하지 않았다. 그것은

그들이 나를 좋아하지 않는다는 의미다.'

- 새로운 습관 : '그들은 나에게 인사를 하지 않았다. 그것이 의미하는 바는 그들이 나에게 인사를 하지 않았다는 것이다. 더도 덜도 아닌 그뿐이다. 어쩌면 나를 보지 못했을지 모른다.'

기대를 열린 호기심으로 바꾸어라

'가정'과 마찬가지로 '기대'는 또 한 가지 마음의 습관으로 뿌리 깊이 스며들어 있어서 종종 알아차리기 어렵다. 또 기대가 부정적인 자기 대화의 근원이라는 점에 관해 말하자면, 부정적인 자기 대화는 대부분 우리가 도달해야만 했다고 생각하는 긍정적인 목표에 미치지 못할 때 마음속에서 일어난다. 가령 '지금쯤은 결혼을 했어야지.'라거나 '그 직업을 가졌어야지.' 혹은 '더 나은 불자가 되었어야지.'라는 식이다.

이런 사고방식이 내포하는 의미는 지금 있는 그대로의 우리가 탐탁지 않다는 것이다. 내 친구 중 한 명이 내가 좋아하는 수행을 하고 있다. 그는 자신의 마음이 기대에 근거해서 반응하고 있다는 사실을 알아차리자 다음과 같이 자문했다.

"이 수행이 내가 예상한 것보다 나은 부분이 뭘까?"

이런 식으로 그는 애초에 자신이 원하던 바를 얻지 못하는 상황에서 생기는 뜻밖의 선물을 기대하고 있다.

"지금 결혼을 하지 않은 것이 결혼을 한 것보다 나은 부분이 뭘까?"

- 전환 : 상황을 통제하려는 욕구를 내려놓고, 현실을 있는 그대로 흘러가게 두어라. 무슨 일이 일어나든지 그 자체를 즐겨라!
- 낡은 습관 : '원래 이렇게 되기로 한 건 아닌데!'
- 새로운 습관 : '기대하던 바는 아니지만 새로운 일을 시도해 보는 건 신나는 일이야! 난 정말 서프라이즈가 좋아!'

비교를 협조와 공감적 기쁨으로 바꾸어라

비교하는 습관은 대부분 무엇이 중요한지에 대한 사회적 관념과 결핍의 개념에 근거를 두고 있다. 주의 깊게 들여다보면 일반적으로 우리가 남들과 비교하는 것들이 대체로 외부의 근원에 의해 우리에게 주어진 가치에 근거하고 있다는 사실을 알 것이다. 매력이라는 것은 도대체 누가 규정하는가? 어떤 사람이 지적이라는 것을 어떻게 규정하는가? 물질적 소유의 획득과 부가 왜 중요한가? 다음번에 스스로 비교를 하고 있는 것을 알아차리거든, 그 척도의 근원을 찾을 수 있는지 살펴보라. 비교를 하는 대신에 당신과 다른 사람들의 다름을 관찰하는 데 초점을 맞추고, 당신과 다른 사람들이 저마다 가진 고유한 독특함을 칭찬하라.

불교에는 비교하는 습관을 직접적으로 다루는 수행이 있다. 즉 무디타 수행mudita, 즉 공감적 기쁨은 의식적으로 다른 사람의 성취를 축하하는 수행이다. 다시 말해서 남들의 성취를 자기비난을 위한 수단으로 사용하지 않고 다른 사람을 위해 즐거워하는 것이다. 이것은 쉬운 수행은 아니지만, 비교를 하는 데서 자초한 고통으로부터 벗어나는 뚜렷한 도약이다.

- 전환 : 인생을 '비교'로 보는 대신에 '협조'로 보라.
- 낡은 습관 : '그들은 나보다 더 똑똑하다/매력적이다/부유하다.'
- 새로운 습관 : '그들이 하는 일이 잘되고 있다! 나는 남들이 잘되는 것을 보는 게 좋다. 세상에는 우리 모두가 누리기에 충분한 재화가 있다.'

후회를 감사로 바꾸어라

우리는 이미 후회를 하는 낡은 습관이 얼마나 부정적인 자기 대화를 부추기는지 많은 예를 보았다.

후회로 괴로워하는 사람들에게 이 새로운 습관은 막상 시작하기 전에는 파격적으로 보일 수도 있다. 우리가 앞 장에서 다룬 (당신 자신과 다른 사람들, 상황에 대한) 용서 수행을 계속할 것을 적극 권장한다.

용서와 관련해서 내려놓은 경험을 한 후에도 여전히 후회의 감정은 떨치기 어려울 수도 있다. 쉽게 하기 위해 당신이 후회하는 동일한 사건이나 상황에서 몇 가지 좋은 일 목록을 만들어 보는 것도 좋을 것이다. 이것은 그 사건이나 상황을 당신이 선택했다는 의미가 아니다. 당신이 달리 할 수도 있었던 일을 하지 않았다는 것도 아니다. 그저 그 일이 일어났다는 사실을 인정하고, 이런 참혹한 인생 사건에서도 좋은 부분이 있다는 불변의 진리를 알아차리는 것을 의미한다.

"모든 먹구름의 뒤편은 은빛으로 빛난다behind every gray cloud is a silver lining."라는 속담이 있다. 아무리 좋지 않은 상황에서도 예기치 않은 선물이 있을 수 있다는 의미다. 여기서 우리가 할 일은 예기치 않은 선물을 기대하는 것이다. 그것이 선물이었음을 알아차리는 데 수년이 걸릴 수 있지만.

- 전환 : 상황에 대한 고루한 판단을 고수하기보다 그 상황이 가져다줄 수 있는 예기치 않은 선물을 알아차린다.
- 낡은 습관 : '그런 일이 일어나지 않았더라면….'
- 새로운 습관 : '그런 일이 일어나지 않았더라면, 결코 …를 만나지 못했을 거야/결코 …를 경험하지 않았을 거야/결코 …를 보지 못했을 거야/전에는 후회했지만 그런 경험을 하게 돼서 다행이야.'

위의 예들은 우리의 언어를 바꾸고 낡은 표현을 새로운 표현으로 바꿀 수 있는 방법이다. 요컨대 판단에서 관찰로 바꾸고, 필요한 경우에는 긍정적인 면에 초점을 맞추는 것이다. 우리의 목표는 진실하고 친절하고 유익한 방식으로 자기 자신에게 말하는 것이며, 이처럼 습관을 바꾸는 것은 우리가 진실하고 친절하고 유익한 행동을 하는 데 도움이 된다.

명상하기

잠시 싯다르타의 이야기로 돌아가서, 모든 일에 있어서 균형을 추구하는 것을 알아차리는 것이 중요하긴 하지만 그것만으로 깨달음으로 이어지지는 않는다는 사실을 명심할 필요가 있다.

이것 때문에 싯다르타는 존재의 본성을 이해할 수 있을 때까지 일어나지 않기로 맹세하고 보리수 아래 앉아서 명상을 했다. 명상을 통해 싯다르타는 마침내 자신의 목표를 실현했으니, 이것이 그가 오늘날 우리가 아는 '붓다(Buddha, 깨달은 사람이란 뜻—옮긴이 주)'라는 존칭을 얻게 된 이유다.

이 명상을 마치고 있어났을 때 싯다르타는 완전히 바뀌어 있었으며, 동료 수행자들이 보기에도 그 변화가 눈에 띌 정도였다. 싯다르타를 보자마자 그들은 물었다.

"당신에게 무슨 일이 일어난 겁니까?"

싯다르타가 이렇게 대답했다.

"나는 깨달았다I am awake."

당시 빨리어로 '깨달은 이awake'에 해당하는 말이 '붓다Buddha'이다.

나는 우리의 목적을 위해 규칙적으로 명상을 하는 습관을 들이는 것이 균형 잡기 수행에 꼭 필요하다는 사실을 발견했다. 명상 수행을 할 때 우리가 생각에 집착하기보다 생각을 지켜보는 법을 배우는 것처럼, 관찰은 명상의 일부다. 결국 부정적인 자기 대화를 다루기 위해 우리가 하고자 하는 바도 바로 이것이다.

이미 알겠지만, 모든 형태의 부정적인 자기 대화는 공통점이 있다. 즉 모든 형태의 부정적인 자기 대화는 우리에게 뭔가 잘못된 것이 있다는 신념에 근거하고 있다. 불교에서는 실제로 정반대로 이야기한다. 우리에게는 아무런 문제가 없으며, 우리의 고통은 마음의 습관이 가져온 결과다. 불교에서는 우리가 이런 낡은 습관에서 풀려날 수 있는 가장 중요한 방법이 명상이라고 말한다. 명상을 통해 고통을 끝냈으므로 붓다는 자신의 깨달음으로 명상의 효력을 입증한 바 있다.

현대의학에서 정신건강을 위한 처방과 달리 명상은 독특하다. 우리는 이미 필요한 모든 것을 자기 내면에 가지고 있으며, 우리가 완전무결해지기 위해 외부에서 필요한 것이 아무것도 없다는 의미를 함축하고 있기 때문이다. 그러니 우리가 불충분하다고 말하는 모든 자기 대화는 옳을 리가 없다.

믿거나 말거나, 평정이라는 것이 가능하다는 사실을 인정하는 것만으로도 우리는 평정을 향해 큰 한 걸음을 내디딘 것이다. 공인 명상 지도자이자 소통 전문가로서 나는 규칙적인 명상을 통해 균형 잡기 수행의 질이 한층 높아질 수 있다는 사실을 증언할 수 있다. 명상을 하면 마음이 고요해지기 시작한다. 말하자면 우리는 야생마처럼 날뛰는 낡은 습관에서 풀려나서 마음의 중심을 잃지 않는 존재로 길들여지는 것이다.

명상과 명상하는 법에 관한 책은 수없이 나와 많으며, 많은 독자들이 이미 명상에 익숙할 것이다. 그렇지 않은 초심자들을 위해 연습을 함께 실었다.

연습

명상 수행 시작하기

다음은 명상을 처음 시작하는 초심자를 위한 간단한 지침이다.

몇 분 간 방해받지 않고 혼자 있을 수 있는 조용한 장소를 찾아라.

책상다리를 하고 방석 위에 앉거나 발바닥 전체가 견고하게 바닥에 닿게 하고 의자에 앉아라. 손은 허벅지 위에 놓아두어라. 똑바른 자세를 하고 싶다면 꼿꼿이 앉아서 시선은 약 15센티 앞의 한 지점에 둔다. 눈을 감아도 좋다.

꼿꼿이 앉더라도 자세를 유지하려고 애쓸 필요는 없다. 편한 자세를 취하라. 일단 자세를 잡으면 두어 차례 호흡을 하고 호흡에 주의를 집중하라. 호흡이 당신을 지금 이 순간으로 데려가게 하라.

명상을 시작하기에 가장 쉬운 방법은 줄곧 호흡에 주의를 기울이면서 들숨과 날숨에 집중하는 것이다. 마음이 떠돌기 시작하면, 그저 생각하고 있다는 사실을 알아차리고 호흡으로 주의를 되돌려라.

명상 첫 시간은 대부분 다음과 같다.

눈을 감는다. 이내 생각하기 시작한다. 좋아, 호흡에 주의를 집중해야지… 들숨…날숨…이메일을 보내야 하는데… 들숨…날숨…개밥을 주는 걸 까먹었네… 잠깐, 내가 개밥을 줬던가?… 호흡에 집중하면서 마음은 여러 생각과 감정, 사람들, 일들로 뒤엉켜 소용돌이칠 수도 있다. 이 모든 것들이 우리를 생각에 휘말리게 할 수 있다. '아, 안 돼, 이건 잘못하고 있는 거야.'

하지만 사실 이것이 대부분의 사람들에게 일어나는 일이다. (이 연습은 나의 이전 저서인 《불자처럼 대화하는 법How to Communicate Like a Buddhist》에 실린 연습을 근거로 만든 것이다. 이 책에는 추가적인 명상 기법이 포함되어 있다.)

우리가 하고자 하는 것은 단지 생각이 떠오를 때 그것을 알아차리고, 그런 다음 조용히 호흡으로 돌아가는 것이다. 스스로 스토리나 생각을 따라가고 있다는 사실을 알아차리는 순간, 그것이 바로 호흡으로 돌아오라는 신호다. 여기서 우리가 배우는 것은 생각에 사로잡히거나 집착하지 않고 생각을 관찰하는 방식이다. 5~10분 간 이렇게 하면서 천천히 시작하라. 그리고 점차 좀 더 길게 늘려 가라. 명상 지도자나 함께 명상할 그룹을 찾을 수 있다면 도움이 된다. 다른 사람들과 함께 하면 뭔가 더 쉬워진다.

웃는 법 배우기

마지막으로 균형 잡기 수행을 하고 낡은 습관을 새로운 습관으로 바꾸기 위해 필요한 경우 자기 자신을 두고 웃는 법, 즉 자기 자신을 너무 심각하게 생각하지 않는 법을 배우는 일이 중요하다는 사실을 명심해야 한다. 우리가 부정적인 자기 대화를 너무 심각하게 생각하지 않을 때 웃음은 자연스레 나오게 된다. 특히 온갖 트집을 잡아 자책하지 않을 때 웃음이 나온다.

예를 들어 샤워를 하러 들어가서 비누를 사는 것을 잊어버린 사실을 깨달은 순간 괴로워하거나 자책하기보다는 코미디의 한 장면이 연상되어 웃음이 터져 나올 수도 있다. '너무 멍청한 거 아냐?'라고 자기 자신에게 말하기보다는 자신의 실수를 낄낄 웃어넘길 수도 있다.

친구들은 종종 서로 비웃기에, 자기 자신을 비웃는 법을 배우는 것은 우정의 표시다. 심각한 자기비판을 택한 대부분의 사람들이 무엇이 심각한지 아닌지에 대해서도 혼란스러워 한다는 사실을 알아차렸을 수도 있다. 무엇이 심각한 것인지, 무엇이 나의 뇌를 흥분하게 하는지를 결정하기 위해 재빨리 나 자신에게 묻는 질문은 간단하다. '이게 얼마나 중요한 거지?', '이 연기가 어디서 나는 거지? 들불이야? 아니면 바비큐야?'

사소한 변화로 보일 수도 있지만, 삶에서 유머를 찾는 것은 고통을 몰아내는 놀라운 방법이다. 배꼽을 잡고 웃으면서 동시에 비참해지기는 정말 어려우니까.

요점

중도中道란 균형 상태에서 쾌락과 금욕의 양 극단에 치우치지 않는 삶을 의미한다. '자아 소통의 중도'는 극단적인 부정과 거짓 긍정에 치우치지 않고 항상 진실을 추구하는 삶을 의미한다.

관찰은 정직한 사실 설명인 반면, 판단은 우리의 선호로 윤색되어 있다. 판단을 관찰로 바꿀 때 우리는 비로소 평정을 얻을 수 있다.

말을 바꾸면 세상이 바뀐다

이 책을 마칠 즈음에 나는 "불자처럼 자기 자신에게 말하세요talk to yourself like a buddhist."라는 조언이 불교의 가르침을 더 깊이 이해하는 데 그다지 의미가 없을 것이라는 사실을 인정해야겠다. 왜냐하면 붓다가 명상 중에 가장 크게 깨달은 것은 우리가 말하고 있는 자아가 우리가 생각하는 방식으로 존재하지 않는다는 것인데, 바로 아나타(annata, 무아(無我, no-self). 불교나 도교 등에서 주장하는 개념으로, 모든 존재에는 고정 불변의 실체로서의 '나'는 없다는 것.―옮긴이 주)라는 불교의 가르침이다.

하지만 개인의 삶에서 부정적인 자기 대화는 고통의 근원이며, 우리는 자신을 비판하기보다는 자신을 사랑하는 법을 배움으로써 이 고통을 줄일 수 있다.

나 자신의 경우 이 책을 준비하면서 이런 과정을 알기 오래 전 젊은 시절의 일기를 다시 읽어 보았다. 거기서 본 것은 놀랄 만한 것이었다. 멀리서 보니 살아오면서 부정적인 자기 대화를 통해 내가 얼마나 터무니없이 많은 고통을 만들어 냈는지 알게 되었다. 일기에도 백해무익한 말이 난무했다.

"이미 이걸 끝냈어야지."라든가 "난 너무 감정적이야. 이건 보통 사람들이 감정을 다루는 방식이 아니야." 같은 말이 적혀 있었다. 부정적인 자기 대화는 내면의 독백뿐 아니라 글에도 나타나 있었다.

하지만 알다시피 자신에게 말하는 방식에 집중하면서 부정적인 자기 대화를 불러일으키는 근원적인 판단에 주의를 기울이기 시작했을 때, 내가 자신에게 사용하고 있는 말을 통해 어떤 식으로 원하지 않는 생각과 감정을 오래 지속하게 만드는지를 알게 되었다. 나는 불만과 불안, 공포의 사이클에 사로잡혀 있었다. 일단 불만을 지어내는 패턴을 이해하게 되자, 그 너머로 나아가는 법을 볼 수 있게 되었다.

내가 깨달은 놀라운 것은 바로 이것이다. 즉 우리가 자기 자신에게 말을 하는 방식이 우리의 세계관을 규정하며, 우리는 언제든지 이것을 변화시킬 힘을 가지고 있다. 삶을 즐기려면, 세상이 부담보다는 가능성으로 가득 차 있다는 사실을 실제로 보려면 부정적인 자기 대화를 내려놓고 자기 판단과 편견이 생기는 것을 알아차리고 진실하고 유익하고 친절한 말로 대신하면서 연민을 가지고 자기 자신에게 말할 필요가 있다.

나 자신과 소통하는 법을 바꾸자 세상이 바뀌기 시작했다. 줄곧 나 자신에게 하고 있던 부정적인 자기 대화가 알게 모르게 매일의 삶에 그리고 다른 사람들과 세상에 대한 나의 인식에 어두운 그림자를 던지고 있었던 것이다.

또한 내가 배운 것은, '자아 소통의 중도'라는 것이 연이어지는 과정이라는 것이다. 앞에서 말했듯이 부정적인 자기 대화가 영원히 사라지는 날은 단 하루도 있기 어려울 것이다. 판단을 내리고 그에 걸맞은 부정적인 자기 대화를 하는 것은 인간 조건의 일부이기 때문이다. 다행스러운 것은 지금 우리는 이처럼 판단을 반성해 보는 수행을 하고 있으며, 그렇기 때문에 모든 것을 무턱대고 믿지는 않는다는 것이다.

나는 더 이상 부정적인 자기 대화가 나쁜 것이라고 생각하지 않는다. 마찬가지로 재채기나 기침이 특별히 나쁘다고 생각할 필요도 없다. 그런 것은 다른 문제의 증상일 뿐이다. 재채기나 기침처럼 부정적인 자기 대화는 판단이 일어나고 있다는 징표일 수도 있으며, 때로는 더 깊이 들여다볼 필요가 있다는 심각한 표지일 수도 있다. 어쩌면 나의 부정적인 자기 대화에 고마 위해야겠다. 부정적인 자기 대화는 내가 이번에 어느 부분을 다스려야 할지를 알려주기 때문이다.

자아 소통의 중도를 찾아 나아가라

책에서 다룬 다섯 가지 수행을 통해 우리는 성실과 연민, 사랑에서 우러나는 새로운 형태의 자기 대화를 하는 습관을 들일 수 있다. 친절한 태도로 자기 자신에게 말할 때, 나날의 삶에서 우리의 낡은 판단과 그 판단이 불러일으키는 고통을 스쳐 지나갈 수 있다. 이토록 오랫동안 우리가 자기 자신에게 말해 온 모든 것들이 실제로 진실이 아니라는 사실을 알아차릴 때, 바로 그 지점에서 진정한 변화가 시작된다. 줄곧 균형 있는 시각에서 자기 자신에게 말하기는 쉽지 않다. '자아 소통의 중도'에서 5단계 과정을 반복 확인하고 몇 번이고 되풀이해서 거칠 필요가 있다. 자아 소통의 여정을 시작하는 초심자의 경우에는 더욱 그렇다. 하지만 '자아 소통의 중도'를 단계별로 나아갈수록 평정을 얻기가 더 쉬워질 것이다.

이제 우리는 부정적인 자기 대화를 내려놓고 좀 더 유익하고 균형 잡힌 방식으로 자기 자신과 소통하는 데 도움이 되는 다섯 가지 수행을 모두 다루었다. 우리가 부정적인 자기 대화를 알아차릴 때 그런 말을 조목조목 찾아내 이 5단계 수행을 하는 과정을 경험할 수 있다는 것은 대단한 일이다. (혹은 한동안 우리를 심란하게 만든 한 가지에 주의를 기울임으로써 수행할 수도 있다.)

이 책에서 다룬 정보와 수행 과정에 부담을 느끼지 않기를 바란다. 만약 그렇더라도, 부정적인 자기 대화가 되살아나서 이 모든 수행 과정이 너무 힘들다고 투덜대는 경우에 여러분에게 마지막으로 격려의 말을 남기고 싶다.

각 장의 마지막에 실은 활동 목록을 '연습'이라고 부르는 이유가 있다. 근육이 약하면 어떤 훈련도 힘들지만, 근육의 힘을 기르면 이내 어려워 보이는 훈련도 전혀 힘들지 않게 된다. 우리의 자아 소통도 마찬가지다. 지금까지 우리의 자아 소통은 연습이 충분치 않았으며 부정적인 자기 대화와 판단이 난무할 수도 있었겠지만, 이 수행과 연습을 시작하면 더욱 건강한 자아 소통을 하게 된다. 평정을 추구하는 과정에서 부정적인 자기 대화를 알아차리고, 근원적인 판단을 알아차리고, 부정적인 자기 대화와 판단에 대해 탐구하고, 질문하고 내려놓는 것이 쉬워질 것이다. 자아 소통의 근육을 단련할수록 우리는 부정적인 자기 대화가 일어날 때 쉽사리 알아차리고, 그 기저에 있는 판단을 다스리고, 재빨리 균형 상태로 돌아가는 길을 찾게 된다.

'자아 소통의 중도'를 찾아 나아갈 때 돌부리에 걸려 넘어져도 괜찮고, 되돌아가도 무방하다. 새로운 근육을 만들고 새로운 기술을 배울 때 이런 일은 지극히 당연하지만 이 책에서 한 가지만은 명심해 두기를 바란다. 우리 자신의 말이 우리에게 고통을 가져올 때, 다행히도 우리가 그것을 변화시킬 수 있다는 것이다. 말을 바꾸면 세상이 바뀐다.

책을 집필하고 나의 경험을 공유하는 것이 나에게는 큰 기쁨이었다. 이 여정에서 가장 마음에 드는 부분은 다른 사람들이 저마다의 삶에서 이 수행을 적용하고 실천하도록 돕는 것이다. 삶을 변화시키는 데 도움이 되는 이 수행 과정을 신뢰하고, 기꺼이 자기 인생에 나를 끼워 준 분들에게 무한히 감사드린다. 열린 마음으로 새로운 자아 소통 방식에 관심을 보여 준 여러분의 응원에 힘입어 이 책이 더 나은 모습으로 나올 수 있게 되었다. 집필 과정에서 내내 아낌없는 지원을 해 준 I.L.N.과 S.S.에게 고마움을 전한다. 내가 이 일을 시작한 첫날부터 나의 열성 팬이 되어 주신 부모님과 여동생에게 감사의 뜻을 전한다. 그리고 시부모님이 보여 주신 관심은 그분들의 사랑을 느끼게 하기에 충분하였다.

책을 쓰는 동안 임신 중이었던 나를 여러모로 배려해 준 하이어러팬트 퍼블리싱Hierophant Publishing 편집팀에 진심으로 감사를 드린다. 그분들이 보여 준 융통성과 인내심 덕분에 안심하고 작업할 수 있었다. 나의 원고가 졸작을 면하게 된 것은 그분들의 탁월한 혜안과 기술 덕분이다.

마지막으로 남편과 귀여운 꼬맹이에게 감사한다. 두 사람의 존재가 나에게 영감을 주고, 나날이 친절하고 정직하고 유익한 방식으로 살고자 하는 욕구를 일깨워 주고 있다. 그동안 둘에게 소홀했던 것을 한없이 미안하게 생각한다. 우리가 함께하지 못한 모든 것에 대해, 영원히.

"신시아 케인은 매력적이고 분명하며 노련하고 정직하며 지혜롭다. 그녀는 우리에게 일상생활에서 소통과 관계를 강화하는 현명한 길을 보여 주는 위대한 일을 했다. 가장 가까운 사람부터 시작해 점점 펴져 나가는 파급 효과를 상상해 보라."

– 엘리샤 골드슈타인 박사 마인드풀리빙센터의 공동 설립자이자 《Uncovering Happiness》의 저자

"체계적이며 이해하기 쉽고, 귀중한 지혜가 충만하다."

– 사샤 토지 작가, 전인적 재활 코치, 인도주의자

"많은 변화를 알아차렸다. 가장 큰 변화는 종종 생각하기 전에 잠시 멈추고, 말하기 전에 말하려는 것을 의식적으로 평가할 수 있게 되었다는 것이다. 굉장한 일이다! 대인관계에 있어서도 상대방이 무의식적인 반응을 보이는지, 의식적으로 이야기하는지를 훨씬 더 알아차리게 되었다. 이런 기회를 나 자신의 행동에 대한 공부로 삼을 수 있다."

– 마리아 J.

"알아차림은 모든 것을 변화시킨다. 나는 나의 정서와 소통이 어떤 식으로 서로 뒤얽혀 있는지를 알아차리게 되었다. 좋은 소통＝좋은 정신건강."

– 루크 S.

"신시아의 수행은 여러모로 도움이 되었다. 나는 인간관계에 더 확신을 가지고 더 적게 판단하고 있다. 대화할 때 나는 활짝 깨어 주의를 기울인다. 다른 사람들에게 더 관대하고 더 많이 인내한다. 말하기 전에 더 많이 생각한다. 대화 중에 더 많이 입을 다물고, 다른 사람들이 말을 마치기를 기다

려서 말을 한다. 그러면 내 차례가 되었을 때 기분 좋게 말할 수 있다."

- 콜린 R.

"과거 군 복무 후에 나는 PTSD(posttraumatic stress disorder, 심리적 외상 후 스트레스 장애) 진단을 받았다. 지금은 자신을 도울 도구를 가지고 있어서 자아에 대해 더 좋게 느끼며 덜 괴로워한다."

- 미스티 K.

"실제로 이 내용은 깊이 생각하고 실천하는 모든 이들의 삶을 변화시킬 만하다. 모든 자료가 예시와 함께 명확히 제시되어 있어서 곧바로 나의 삶에 적용하는 법을 알 수 있었다."

- 매트 M.

"나의 삶을 변화시킬 만한 강좌였다. 신시아가 우리에게 가르친 수행은 매우 단순하지만 효과적이며 나날의 삶에 통합하기 쉽다."

- 올리버 K.

"신시아가 제공하는 정보는 매우 타당하고 유익하다. 이 수행을 통해 나는 항상 이득을 얻고 있다."

- 벤 S.

"신시아의 수행은 나에게 매우 소중한 도구다. 이런 귀중한 것을 공유해 주어 너무나 감사하다."

- 캐롤 F.

"모든 인간관계에 있어 훨씬 더 확신을 가지게 되었다. 나의 사회적 불안은 실제로 사라졌다! 사람들은 나에게 더 마음을 열고 있으며, 대인관계가 폭넓게 성장하고 있다. 나는 자신의 욕구를 더 분명히 알아차리고 더 효과적으로 표현하고 있다."

- 바버라 G.

"섬세하게 계획된 너무 까다롭지 않은 책이다. 이 책에 실린 연습 부분은 큰 노력 없이도 나날의 삶에 통합하기 쉽다. 신시아와 함께라면 확실히 좋은 결과를 보게 된다."

- 헬레나 B.

나에게 친절히 대하는 기술

Talk To Yourself Like A Buddhist

초판 1쇄 인쇄 2019년 7월 31일

지은이	신시아 케인
옮긴이	김미옥
펴낸이	오세룡
기획 · 편집	이연희 박성화 손미숙 김정은
취재 · 기획	최은영 곽은영
본문디자인	남미영
	고혜정 김효선 장혜정
표지디자인	디자인 규
홍보 · 마케팅	이주하

펴낸곳	담앤북스
주소	서울특별시 종로구 새문안로3길 23 경희궁의 아침 4단지 805호
대표전화	02-765-1251
전송	02-764-1251
전자우편	damnbooks@hanmail.net
출판등록	제300-2011-115호

ISBN 979-11-6201-178-2 (03840)

정가 13,000원